Perfumes sem moscas

Projeto contemplado pelo Fundo Municipal de Cultura de Bento Gonçalves

Contos

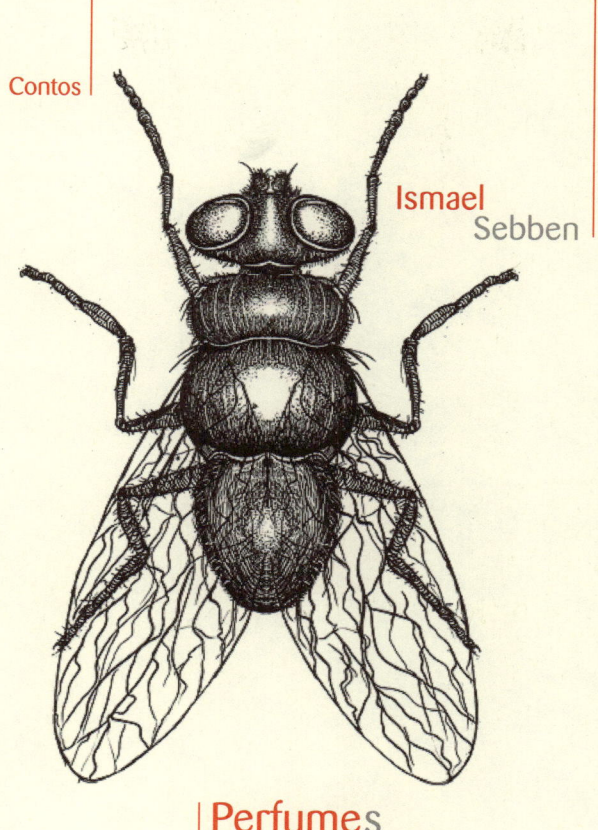

Ismael Sebben

Perfumes
e
moscas

Lib**r**etos | Porto Alegre, 2020

Para Vania, minha noiva,
e Letícia, minha avó.

Assim como as moscas mortas fazem exalar mau cheiro e inutilizar o unguento do perfumador, assim é, para o famoso em sabedoria e em honra, um pouco de estultícia.

Eclesiastes 10, 1

Amor para mim inclui lençóis limpos, banho tomado e barriga cheia. E isso eu não tenho. Nenhum de nós tem. Para mim, o mundo é uma grande lata de lixo e nós somos apenas as moscas esvoaçando sobre essa merda toda.

Caio Fernando Abreu

O mundo coberto de insetos

Conheci Ismael Sebben ainda no tempo de morar na casa dos pais, dinheiro nenhum no bolso, muita vontade de escrever, de atuar, de cantar e de se divertir: coisas que compartilhávamos, além dos deslumbramentos com todos os livros que íamos descobrindo entre uma e outra aventura de juventude. Não que convivêssemos muito. Além de ele ser uns bons anos mais novo, frequentávamos turmas diferentes – a dele mais Pink Floyd, a minha mais Led Zeppelin. Mas numa cidade não tão grande, estávamos sempre por aí, para as festas, as criações e os abraços.

Tempos depois, ele resolveu sumir e se transformar em outras pessoas abraçando uma carreira de ator em São Paulo; e, enquanto eu fui estudar literatura, ele ganhou estrada no mundo. Quando voltou a Bento Gonçalves, com sua ânsia de agarrar tudo e transformar em arte, entrou no curso de Letras e foi meu aluno na UCS. Ali, estreitamos nossa amizade, e vi sua linguagem se aperfeiçoando, suas histórias assumindo formatos cada vez mais instigantes e seus particulares experimentos com o poema e o drama aparecendo pouco a pouco dentro das narrativas, até elas tomarem uma forma próxima da atual. Lembro que, leitor exigente, ele relutava muito em publicar, talvez porque, já tendo lido muito do que há de melhor, se sentisse pequeno diante dos gigantes, sombra essa que assombra qualquer escritor que sabe seu lugar na História.

Hoje, quando nos surpreende com *Perfumes e moscas*, o autor do livro tem um percurso de leituras e de práticas na linguagem do conto que não se encontram com frequência por aí. Ainda assim, Sebben não é apenas um trabalhador das palavras, mas um contador de histórias, que consegue tratar igualmente de ambientes rurais e metropolitanos, do real e do insólito.

No livro, predominam os conflitos humanos, seja em situações arquetípicas de ódio entre irmãos e vingança contra parentes, seja de pessoas obrigadas a conviver, mas que evitam isso ao máximo, como os vizinhos habitando um mesmo prédio. Da primeira categoria tratam, por exemplo, os contos *O monstro* e *As unhas ou o eco da casa vazia*; da segunda, *Cada um com seu andar*.

Além disso, Sebben busca um lirismo nostálgico nas personagens fellinianas de *Maquiagens em dia de chuva* e cria tipos inusitados como o dono de bar de *Benigno Fin*, que aguarda com inquietação os velórios na igreja em frente para vender suas bebidas às pessoas de luto.

Em outros momentos, como em *A formiga do desamor*, o texto de Ismael Sebben se aproxima da crônica, tanto na ênfase dada à ação quanto na presença do humor leve das comédias populares.

E há ainda contos em que a profusão de acontecimentos é tamanha e tão aleatória que só ao final se percebe como todos estão interligados;

é o caso de *O encomendador*, que inicia de maneira enigmática com a foto de uma lista em que constam os nomes de diversas personagens de outras narrativas do livro.

Porém, o que sobressai é a utilização dos símbolos: a cegueira e outros problemas de visão, a chave, a ostra, a casa e outras habitações e, em especial, os muitos insetos – formigas, borboletas, moscas por toda parte. São insetos que empesteiam tudo, como na primeira peça teatral de Sartre, mas que, de seus resíduos, deixam transparecer narrativas cheias daquela humanidade que ama e odeia, que se isola mas quer se comunicar, que ri de uma visita ao médico: a humanidade dos grandes sentimentos e da vida de todos nós.

Perfumes e moscas é a feliz estreia de um hábil criador. Que felicidade, hem, meu amigo?!

Douglas Ceccagno

Escritor, doutor em Letras, professor de Literatura na Universidade de Caxias do Sul

A VOZ NO MATADOURO 🔊	13
CADA UM COM SEU ANDAR 🔊	31
MAQUIAGENS EM DIA DE CHUVA 🔊	35
BENIGNO FIN 🔊	49
TAGARELA 🔊	65
A CAÇA	79
JOÃO, O PEIXE	87
O SAL	101
O ENCOMENDADOR 🔊	105
SUJEITOS E ASSUJEITADOS	111
AS UNHAS OU O ECO DA CASA VAZIA	121

Sumário

O PORCO GORDO	129
O AMADO	137
ALMÍSSIMA	145
A QUEDA	151
DAS ALMAS DO LADO DE LÁ	163
UMA MAGNÓLIA NO JARDIM	167
A FORMIGA DO DESAMOR	175
ESMOLA DOS DEUSES	181
O MONSTRO	185
O JORNAL	197

Podcast QRcode (4ª capa)

Imagem QRcode (pág. 137)

A VOZ
NO MATADOURO

A diferença do mesmo DNA sou eu

Quando o pai acordou com os grunhidos dos animais e viu os únicos nove porcos da família caídos, sangrando pela boca, ajoelhou-se na terra e começou a rezar para que Deus os salvasse. Que peste teria matado os nove de uma só vez? Que animal maior teria matado só por matar? O próprio Diabo poderia ter feito aquilo, mas talvez até ele não teria sido tão ruim, pensou. Ou que pecado teria cometido para que Deus o castigasse dessa forma? Ainda de cabeça baixa, percebeu a mão da esposa em seu ombro: "Vamos...". Mas, no que levantou, sentiu uma fisgada na sola do pé. Tinha uma lasca de espelho cravada nele. Os dedos ficaram ensopados de sangue. Suspeitou! Foi até o cocho dos porcos, meteu as mãos na lavagem e pôde sentir e ver muitos cacos junto à comida. Não era doença coisa nenhuma, nem Deus nem o Diabo. Então, o pai, com raiva, fechou os punhos e espremeu os cacos com as mãos: "Foi um animal mais sujo que os porcos! Foi um animal mais sujo que os porcos! Eu mato! Eu mato!". A mulher correu até ele e puxou suas mãos daquela imundice toda: "Suas mãos! Para! Solta!". Ele abriu os punhos. Estava cego para o sangue em suas mãos. "Vamos!", disse novamente a esposa. Aceitou. Caminhou entre os porcos e, quando ia em direção de casa, viu a sombra de um dos filhos espiando-lhes da janela do quarto. Que raiva toda aquela sujeira ter acontecido à família. Que diabo teria feito aquilo?!

À noite, Damião, preocupado com a mãe, que espiava na janela esperando o marido chegar do bar, foi deitar e, como os dois filhos dividiam o mesmo quarto, entrou silenciosamente. Quando abriu a porta, com a luz da cozinha, pôde ver um pedaço de espelho reluzir embaixo da cama de Cosme. Agachou-se, esticou a mão e sentiu uma ponta de madeira: era uma lasca grande da moldura do espelho. Olhou bem para ela, aproximou-se devagar do irmão, segurando em punho a madeira pontuda e saltou em Cosme. Primeiro, tapou a boca dele com uma das mãos e, depois, segurou a arma no peito:

– Foi tu, né, Cosme? – e forçou ainda mais aquilo no peito do irmão. – Foi tu, né? Tu não me engana. Sempre querendo se dar bem. Mas a mãe vai ficar sabendo. Aqueles porcos iam nos alimen-

tar por um bom tempo. Ainda que o pai saiu. Você tem muita sorte, muita sorte!
– Me solta, Damião! – e empurrou o irmão longe, que deu com as costas em um móvel. Damião segurou ainda mais firme a lasca de madeira, avançou novamente e agarrou-o pela gola da camisa.
– Vem cá, seu...
Foi quando a mãe bateu duas vezes na porta:
– O que houve, manos?... manos?
Damião respirou fundo e soltou Cosme.
– Não, nada, mãe – respondeu Damião.
– Tá bem! Vão dormir agora.
Damião mostrou a lasca de madeira a Cosme e fez sinal de que estava bem guardada com ele embaixo das cobertas e que, em caso de qualquer nova crueldade de Cosme, ele – Damião –, não teria dó.

Os meninos pareciam uma só pessoa. Das poucas fotos que tinham, nem mesmo a mãe sabia dizer quem era quem: possuíam o mesmo DNA. O pai aparecia em poucas imagens: era apenas uma vaga lembrança. Damião, por exemplo, tem apenas uma ou duas na cabeça, já que, dias depois do episódio dos porcos, ninguém mais o viu. Os pessimistas diziam que ele havia se deixado engolir pelas águas do rio. Os mais otimistas acreditavam em amor por uma rapariga que mais ou menos na mesma data que ele também sumiu da cidade. Os conformados, os que falavam só por falar e os carentes "puxavam" o nome do velho a fim de fazer a conversa continuar. Das lembranças, uma delas, por acaso, é essa que há pouco contei, quando Damião, escondido atrás de um muro da casa, viu o pai ajoelhado, a mãe com a mão em seu ombro, os nove porcos da família à beira da morte e, logo depois, o pai berrando ainda mais que os animais.

Por vezes, era vontade da mãe que o marido comesse aquela lavagem cheia de cacos do espelho e não os bichos, mas ela devia estar ali tocando seu ombro, pois estava sendo vista pelos filhos. Aquele marido que, mesmo estando lá, já andava como que desaparecido. Um pai que, com uma mão sempre pesada, descarregava sua raiva nos porcos, quando os matava. Um pai feito pedra, que não dava o braço a torcer, que escondia o sorriso, que não mostrava os dentes por nada, mesmo sabendo que depois os filhos é que teriam de trocar aqueles dentes podres do fumo. Um pai fracassado, que se via como os porcos: sendo alimentado, engordando e vivendo para depois morrer, só que sem ninguém para lhe dar um fim, ou mesmo pior que os bichos, morrendo aos poucos. Um pai que não tirava da cabeça um vestido rosa num corpo de menino. Por vezes, era vontade da mãe que o marido também tivesse comido aquela lavagem cheia de cacos de espelho.

No mesmo dia da festa de aniversário dos 14 anos dos meninos, de madrugada, o pai chegou da jogatina com os amigos, já bêbado. Entrou em casa e esbarrou em uma cadeira da cozinha: a esposa abriu os olhos e ouvidos. Podia ouvir o assoalho estalar baixinho dentro da luz apagada. Foi quando percebeu a porta do guarda-roupa sendo aberta. Rangeu: o marido hesitou. Fez silêncio por alguns segundos e depois puxou o vestido rosa. Saiu do quarto e foi para fora da casa. De uma das janelas, a mulher viu o marido embaixo de uma planta, na escuridão, segurando com uma das mãos o vestido e com a outra o isqueiro. Ergueu o vestido lá no alto. Passava lentamente o fogo de cima a baixo pelo tecido, encarava aquilo com ar de desprezo, abrindo um sorriso sarcástico. O cachorro latiu. O isqueiro apagou. Jogou o trapo no mato. A esposa se escondeu. Tudo muito rápido. Por um tempo, tudo ficou imóvel e silencioso. Até que, espiando, a mulher pôde ver o marido iluminando o caminho de volta. Felizmente, havia desistido daquela bobagem. Ela correu até a cama para esperá-lo. Cinco minutos se passaram e nada do homem. Até que ouviu algo.

Os meninos acordaram com gritos e batidas na porta, com o pai pedindo socorro. O fogo avançava em direção à casa. Bêbado, ele foi puxado para dentro pelos filhos e levado pela mulher até a sua cama. Enquanto Cosme desceu até o porão para pegar baldes de água, Damião correu a pedir ajuda ao vizinho para controlar o fogo que se espalhava pelo capim seco. Vendo que a água não bastaria e que as chamas avançavam ainda mais rápidas, resolveram limpar uma faixa do terreno e cercar o fogo. Por sorte, conseguiram controlá-lo. Depois de tudo isso, exausta, a mãe resmungou baixinho aos filhos: "Se a casa virasse brasa, ao menos que fosse com ele dentro". Na manhã seguinte, na mesa do café, o pai disse apenas que jogou um toco de cigarro no chão e deu no que deu.

Na meninice, os irmãos brincavam como iguais. Desciam as barrancas do rio escorregando de bunda e, se chovesse, era ainda melhor. Pulavam de barcos cargueiros e tinham passe pela balsa que cortava o rio. Os meninos conheciam cada pedra macia daquele lugar. Na escola, causavam confusão na cabeça dos professores. Não completaram os estudos.

A cidade em que os meninos passaram a infância logo começou a conhecer as primeiras indústrias, pequenas ainda, já que o rio e as estradas de terra batida não favoreciam senão as madeireiras e a criação de porcos.

Damião nem bem era moço quando começou a trabalhar de ajudante em uma mecânica e borracharia de caminhões: contrastava o pó quase branco das estradas nas janelas do pavilhão e os dedos pretos, sujos de graxa. Pouco a pouco, foi branqueando as mãos na torneira do banheiro para assinar recibos, tanto que, na ausência do dono, passou a gerenciar os negócios. Na cidade, acreditavam que ele teria alcançado 49% dos lucros, o que também não era tanto, visto que a borracharia rendia pouco. Ainda assim, bem mais que a mecânica, que consertava somente pequenas coisas. Chegaram a confundi-lo com o dono: – Você não é o dono daquela mecânica na beira do rio, é?

Já o irmão, Cosme, passou a ajudar na balsa que cruzava o rio. Manobrava carros, orientava os motoristas, mantinha a limpeza no local. Não havia trabalho que não fizesse. Debaixo do sol, que castigava a pele, suado, a poeira grudava nele, os pés viviam encardidos e aquele cheiro dos caminhões de porcos impregnava em si. O corpo virava porco.

Tudo se mantinha igual, até que, durante uma missa, uma mão pousou no ombro de Damião e uma voz "enrolada" disse: "Cosme?". Damião virou, trocou duas ou três palavras com o rapaz, contou sobre si e o irmão e rapidamente saiu da igreja. Sentiu-se ameaçado, afinal não era um qualquer que o havia confundido com o irmão. Era um sujeito que há pouco tempo tinha chegado à cidade. Pelo que se dizia, pretendia fazer investimentos. Passou por sua cabeça que a confusão cometida pelo estrangeiro se devia ao simples fato dele estar ainda conhecendo a todos. Independente disso, Damião sentiu-se um perdedor. Mesmo não sendo nem mais nem menos que o irmão naquela hora, tinha vergonha. Não queria parecer-se com ele.

No fim de semana, quando foi visitar a mãe, Damião procurou investigar a relação de Cosme com o tal estrangeiro. Descreveu-o arriscando um portunhol de dar risada e perguntou se o irmão lembrava do rapaz que falava "meio português". Cosme não achou difícil lembrar, afinal o cara já ganhara um apelido na balsa: o "Importado". Disse que ao menos cinco ou seis vezes por dia ele subia na balsa para cortar o rio. Cosme levava a conversa na brincadeira, descontraído: pura felicidade. Já o irmão sorria duro, com dificuldade. Mas o espanto maior foi quando Cosme contou sobre a proposta que tinha recebido:

– Ele propôs que eu abrisse um negócio. Disse que o espaço não precisa ser grande. Na verdade, ele tem uma empresa de cintos e fivelas aqui do lado, em Salto do Peixe, e pretende começar a trabalhar com carteiras de couro. Quer que alguém fique com o serviço de pintar as fivelas. É um trabalho bastante manual, que não exige máquinas. Se tudo der certo, vem aos domingos para trazer as peças e levar o que já foi pintado. Ontem conversei com a mãe e ela disse que fazendo uma limpeza no porão eu posso começar ali.

Damião sentiu certo contentamento, pois o irmão estava prestes a sair daquela balsa. Caso alguém os confundisse, seria menos vergonhoso. Cosme recebeu com carinho as palavras de apoio do irmão e, já na segunda-feira, selou o acordo com o estrangeiro. Damião seguiu gerenciando a mecânica e borracharia.

As coisas não demoraram muito a mudar. Numa manhã, Damião chegou ao trabalho e viu dois homens conversando: um era o dono da borracharia; o outro, nunca tinha visto na frente. Apontavam para o telhado do pavilhão, faziam medições do terreno, contavam os vidros quebrados, observavam as paredes sem tinta. Bem... Após terem conversado por quase uma hora, a sós, numa sala fechada, os dois saíram sorrindo.

Assim que o desconhecido se despediu, Damião foi falar com o chefe. Primeiramente, o dono disse a ele que estavam tratando de um orçamento para a reforma do lugar, mas quando Damião disse ter visto a camiseta que o rapaz vestia, com a marca do maior matadouro de porcos da região, então o chefe abriu o jogo. A tinta no contrato já estava seca: o pavilhão havia sido vendido.

Depois disso, o que se viu foi a ascensão de Cosme e o declínio de Damião. Cosme ampliou o espaço no porão e Damião passou a dividir o aluguel com um amigo no centro da cidade.

Na parte mais povoada da cidadezinha, logo correu a notícia sobre o fechamento da borracharia e mecânica mais tradicional da redondeza e a chegada do matadouro de porcos.

Inevitavelmente, Damião teve que ir ao banco para buscar seus direitos e rever suas reservas. E foi numa dessas andanças que o confundiram novamente com o irmão:

– Como tá a empresa, Cosme? Ouvi falar que você está muito bem de vida. Já o seu irmão, Damião, que homem de azar! Agora, que estava crescendo...

Só meses depois do fechamento da mecânica, a notícia chegou aos ouvidos de Cosme, que estava muito atarefado com o crescimento da sua empresa. Damião já trabalhava há pouco mais de um mês no mesmo pavilhão, agora reformado e ampliado. Damião, em ruínas, matava porcos.

Aconteceu que numa das visitas do dono do matadouro à borracharia, para acertar detalhes, Damião fez amizade e foi contratado.

Assim que Cosme ficou sabendo que o irmão penava no matadouro, convidou-o para trabalhar com ele. Damião seguiu resistente por quase um ano. Dizia que subiria na empresa, que quem um dia limpou graxa das mãos para preencher recibos facilmente limparia sangue de porco. Inúmeras foram as vezes em que Cosme confidenciou à mãe que gostaria de ter o outro ao seu lado. Por fim, após falar ao irmão que ele não conseguia ao mesmo tempo trabalhar e cuidar da mãe, com problemas de visão, Damião aceitou o convite. Combinou os valores a receber e mudou-se para viver com Cosme e a mãe. Desde o princípio, voltar à casa pareceu-lhe um retrocesso, mas, por outro lado, cortaria os gastos com o aluguel, comida e outras coisas.

Pouco mais de um ano após a volta de Damião, o antigo problema de visão da mãe se agravou: ficou cega! A par de todos os afazeres na empresa, Damião passou a ficar descontente com a situação. Pensava que enquanto o irmão lucrava cada vez mais, ele apenas mantinha o seu salário razoável. Consequentemente, bateu-lhe a insatisfação e, numa dessas saídas de Cosme para resolver questões burocráticas no centro da cidade, Damião lembrou-se do tempo em que trabalhou na mecânica de caminhões e do "chute" que levou, das reviravoltas, da ambição perdida e, por fim, comparou a sua vida com a do irmão. Sentiu certo arrependimento pela volta à casa. Resolveu subir e descansar. Ao ouvir alguém subindo as escadas, a mãe, cega, sentada em uma cadeira, perguntou: "Quem é?". Damião fez um longo silêncio, e, antes que a mãe perguntasse novamente, respondeu: "É o Cosme, mãe!". Fez novamente um silêncio, até que, rindo, Damião disse: "É o Damião! Brincadeira". A mãe riu da situação e agradeceu por Deus não ter deixado ela surda, pois o que de mais parecido os dois tinham era a voz. Estava feliz em tê-los juntos ali. Foi quando ouviram as palmas do lado de fora. Era seu José, vizinho de porta. Já que sabia que Damião trabalhara com abate de porcos, perguntou se o rapaz podia lhe ajudar no final de semana seguinte, ao menos na parte da manhã, visto que um dos filhos tinha viajado às pressas para visitar uma tia que estava doente. Damião disse que ajudaria, sabendo que o vizinho também sempre foi muito prestativo.

Na manhã do abate dos porcos, Damião acordou bem cedo e acabou encontrando o irmão na mesa do café. Cosme iria pescar e brincou com Damião. Apontou para os quadrinhos na parede, com as fotos dos peixes, peso e data que haviam pegado:

– Tá vendo o terceiro quadrinho, aquele de 14 quilos? Hoje eu ponho um do lado com um peixe de 15.

Damião riu ironicamente e desejou boa sorte. Os dois terminaram de tomar o café e foram um para cada lado.

Próximo do meio-dia, enquanto o irmão limpava os pés emporcalhados em um tanquinho, Cosme chegou com o balde de peixes. Estavam ainda vivos. E mostrou para o irmão:

– Só três ou quatro peixinhos, a manhã não foi boa! À tarde eu vou limpar. Falar nisso, terminaram de carnear os porcos?
– Faltou um – respondeu Damião. – Mas já tô liberado.
Os dois se lavaram e subiram para o almoço. A mãe, já acostumada com algumas ocupações na escuridão, estava numa cadeira ao lado da cama: tecia. Podia ver-se *Penélope* ali, entristecendo, já que há tempos o marido sumira. Prepararam a comida e os três sentaram à mesa.
Durante o almoço, conversaram sobre a pescaria, sobre a matança dos porcos e tantas outras coisas. Cosme falou sobre um pedido bom de fivelas que chegaria na segunda e que, pelo que conversou com o estrangeiro, viriam com mais frequência, garantindo a estabilidade e o crescimento da empresa. Mas nenhum assunto interessou mais a Damião do que quando Cosme disse que estava negociando a compra de um pavilhão em Salto do Peixe e que, futuramente, levaria a empresa para lá, só estavam ajustando datas para os pagamentos e mudanças de cláusulas, e que o dinheiro já estava reservado para o negócio. Damião mostrou demasiado interesse. Perguntou sobre a quantidade exata de peças que viriam, valores que seriam lucrados e, principalmente, sobre o pavilhão. Cosme contou o que pôde.
Após o almoço, como era de costume, a mãe foi deitar, fechar os ouvidos, já que os olhos es-

tavam sempre de luzes apagadas. Damião pegou uma linha enosada e desceu para o porão, a fim de desatar os nós. Cosme ficou organizando a mesa e a louça. Damião, no porão, abriu as gavetas que há tempos estava a fim de ver. Leu anotações riscadas à caneta, buscou cifrões, números e, por fim, achou o contrato: era tudo verdade, e os valores eram altos! Mas encontrou algo maior e melhor que o contrato: espantou-se do quão parecido era com o irmão, na foto de um documento de Cosme. De súbito, recordou-se da festa de aniversário de 14 anos dos dois e da surra que tomou da mãe após a festinha ao se negar a tirar um retrato ao lado do irmão. Mal sabia a mãe do porquê da decisão. Lembrou-se das tantas festas que quis e daquela em que o irmão, ao pedir, logo foi atendido. E lembrou-se de tudo que aconteceu naquele dia. Cosme correndo ao redor da casa usando um vestido rosa e todos os amiguinhos atrás dele, espalhando com risadas para aquelas crianças que encontrara a roupa escondida entre as coisas do irmão. E Cosme dizia mais! Que, certo dia, quando eram ainda mais crianças, viu Damião em frente ao espelho diferente deles dois: feito menina. E Damião lembrou-se do episódio dos nove porcos, quando Cosme foi mentindo ao pai que o irmão é que tinha posto os cacos de espelho na comida dos bichos. Lembrou-se da surra que levou do pai por causa da maldade do irmão

e, por fim, das coisas que perdeu depois daquele
dia, que deveria ser um dia de festa.

Da sua delicadeza ao arrumar os lençóis
quando via a cama do irmão desfeita
Lembrou-se deles dois
do ninho do passarinho e o gato na espreita

Do cheiro do perfume que amava usar
em dias sem vento
Lembrou-se deles dois
E, no centro da sala
morto o unguento

Dos elogios da professora à letra redonda
às frases cheias de cores
feitas com canetas trocadas
Lembrou-se deles dois
do caderno rasgado
do tudo virando quase nada

E, por fim, recordou-se de quando o irmão
pela primeira vez
com certo nojo dos seus primeiros pelos no rosto
negou um abraço e um beijo na face
Lembrou-se deles dois
E, se pudesse
quisera que fosse apenas disfarce.

E fechou a gaveta com rispidez: "Se é pra ser como ele, eu serei! Se é pra ser como ele, serei! Eu sou mesmo um fodido nesta vida".

Um estalo da madeira cortou seu pensamento. Ergueu a cabeça e ficou olhando fixo o assoalho. As tábuas soltas mostravam Cosme no andar de cima indo da mesa à pia, da pia à mesa. Mas quando a tábua mais solta, aquela próxima à porta de saída, mexesse, Damião se ergueria. Não queria que o irmão o descobrisse.

Quando a tábua mexeu, não teve dúvidas, levantou e seguiu Cosme. Sabia o lugar onde o irmão costumava limpar os peixes. Sabia o destino do irmão. Deu o tempo necessário e seguiu atrás.

A caminho, pensou na corda que há anos estava lá e que de pequeno usavam em dias de chuva para se segurarem na descida até a beira do rio, evitando o tombo no barro. Lembrou-se da faca que o irmão usava para limpar os peixes. Pensou ao mesmo tempo na âncora que era jogada ao rio, e que segurava a canoa morta, imóvel nas águas, e também dos calcanhares do irmão. Mas foi cirúrgico e confiante, ele teria uma ideia melhor, mais inteligente. Na espreita, viu o irmão sentado numa pequena pedra, limpando os peixes. E quando ouviu o porco, lá em cima, aos berros, não teve dúvida. Conhecia o grito dos porcos, o tempo do grito, as pausas que o bicho dava vivenciando a morte. Pelas costas, puxou a pedra e desequilibrou o irmão. Caído, Cosme sorriu: achou que era folia, igual brincadeira da infância. No entanto, Damião fitou os olhos do irmão com a dureza da pedra que tinha em mãos, e, a cada grito do porco, o bicho silenciava o grito do irmão. Jogou a pedra e o corpo na água. Viu Cosme engrandescendo, crescendo para o fundo do rio, e o corpo perdendo forma na água turva, ganhando traços de um fantasma e se apagando.

Subiu correndo em direção de casa, entrou, deu um abraço forte na mãe e disse:

– Afogado. Oh, meu Deus, por que não eu? – e o filho repetiu ainda mais forte:

– Afogado. Oh, meu Deus, por que não eu, por que o Damião?

Cega, ela não podia fazer nada. Perdeu as forças e caiu em terra. Do seio da mãe escorreu um filete de leite que chegou até a beira do rio.

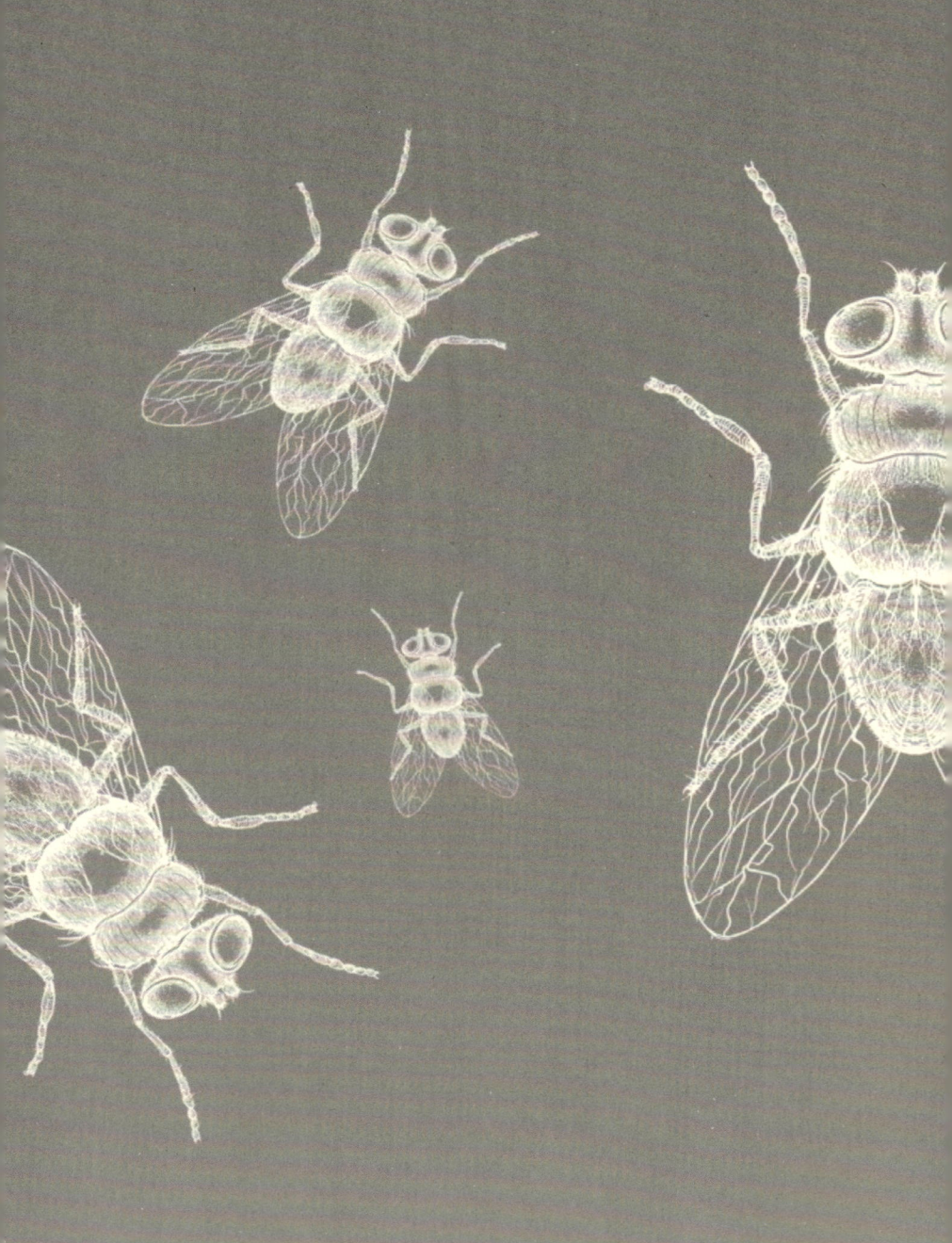

CADA UM COM SEU ANDAR

No andar de cima, Cacilda tossia sem parar. Foi o suficiente para que Carvalho, ao lado de sua noiva, Verônica, já cheio de tudo, se incomodasse ao não entender uma fala da novela: "Não aguento mais ouvir a voz dessa mulher! Agora sei porque essa... essa coisa perdeu o marido". Carvalho foi três ou quatro vezes até a sacada a fim de dizer a ela o que estava entalado há muito tempo em sua garganta.

Sim, Cacilda perdeu o marido, mas não se trata de morte! Pedro, há pouco mais de um ano, deixou-a e juntou-se com Jurema. Os dois moraram por quatro meses em uma casa alugada, mas decidiram retornar ao prédio quando Pedro descobriu que sua ex-mulher, Cacilda, queria alugar o apartamento térreo do prédio, ainda escriturado em seu nome: por segurança financeira, voltou.

Realmente é confuso. Tudo! No térreo moram Pedro e Jurema, no último, Cacilda, e, entre os dois, Carvalho e Verônica. Mas não posso deixar de mencionar Caio, irmão de Carvalho, e sua esposa Vera, que vivem no subsolo e seguidamente soltam resmungues ao casal de cima: "Será que não conseguem andar devagar? Até parece que tem um elefante aí em cima!". Jurema é gorda.

Cacilda
Carvalho e Verônica
Pedro e JUREMA
Caio e Vera

Certa manhã, Benedito, que vive na casa em frente ao prédio, sempre acostumado a tomar café na janela, viu Pedro e sua esposa saindo de carro. Quando o casal já estava no topo do morro, ele enxergou Cacilda num terreno baldio que havia ao lado. Ali fazia um buraco. Era raro vê-la na rua, mais estranho ainda por dois dias seguidos, quando que, no dia anterior, Benedito também percebera Cacilda pegando uma calcinha do varal de Jurema, que ficava improvisado com uma taquara na lateral, mais aos fundos. Agora, enterrava-a. Jogou lá e ainda fez o sinal da cruz. Sentiu os pelos do braço se arrepiarem. Cacilda entrou no prédio. Subiu até o seu andar, encostou a cortina do janelão, tomou um remédio para a tendinite que a encostara do trabalho, ligou a televisão e deitou em sua cama. Ficou deitada até pouco mais de duas horas da tarde, quando, importunada por uma mosca difícil de matar, foi lavar a louça que havia ficado do dia anterior.

Às 7h30min, Carvalho acordou e, como era de costume, foi pegar o jornal na sua sacada, mas, novamente, por comodidade, o jornaleiro havia atirado o jornal na casa errada, ou seja, no térreo. Desceu as escadas com o maior cuidado. Andava evitando os ecos dos sapatos pelo corredor, pois teve uma desavença com o irmão depois que a cunhada, em um aniversário de um dos tios dos dois, confessou nunca ter gostado de Verônica.

Vera estava grávida e recebia ligações diárias da sogra, que dizia ter comprado desde a chupeta até o berço: sentia-se a futura avó mais feliz do mundo. Verônica não podia ter filhos. A sogra nunca ligou pra ela!

Carvalho leu algumas notícias, tomou café e vestiu-se para ir ao escritório. Saiu pela porta dos fundos do prédio. Caminhando, usou o jornal para esconder o rosto: fingia ler.

Vera ligou ao chefe dizendo que se atrasaria, alegando que, por conta dos seus sete meses de gravidez, não tivera uma noite boa de sono. Caminhou recostada pela lateral do prédio para espreitar Verônica. Certificou-se que ela já havia ido – o perfume ainda adocicava o ar –, pegou o carro e foi também. Caio teve o dia de folga. Ficou em casa pensando como sairia no outro dia sem ser visto.

MAQUIAGENS EM DIA DE CHUVA

Deitado na cama, era insuportável ficar acordado. Por debaixo da blusa, passava as mãos nas costas da esposa e, com cuidado, tentava não enroscar as pontas das suas unhas roídas no pijama dela. O que mais o incomodava era o ronco de sua mulher, cansada de um dia de trabalho pesado. E ele lembrava que à tarde havia sido demitido, pois a empresa acabara de declarar falência. Como viveria agora?

Resolveu que não contaria nada a ela e que, no dia seguinte, sairia de casa no mesmo horário, como se fosse trabalhar, e que caminharia dentro de si pela cidade, procurando solução. E, por causa do ronco da mulher, lembrava-se do barulho das máquinas de costurar sapatos, daquelas com que conviveu mais tempo do que com a própria esposa, elas que não lhe deixavam dormir, cerrar os olhos, como se ele as tivesse traído.

Levantou-se e fez o que havia prometido a si mesmo. Tratou de fazer silêncio para não acordá-la. Procurou as roupas às cegas, não ligou as luzes: vestiu-se no corredor. Negou o café. À noite, depois do dia que contarei agora, jurou à mulher que havia lhe dado um beijo antes de sair, como sempre fazia; ela suspeitou. Mais tarde, achou tudo burrice se comportar daquela maneira, já que não havia falado nada para a mulher sobre a demissão. Se ela acordasse o que poderia imaginar senão que estava indo ao trabalho?

Naquele dia, quinze minutos de ônibus e chegou ao centro da cidade. Só queria tomar um café preto. Entrou na primeira lancheria que encontrou. Pedintes à porta recitando suas fraquezas mundanas, pessoas com celulares ao pé do ouvido, negociando, desde cedo, comprando, e comprando e vendendo; todas grudadas à tela, deixando o prato de lado, o lanche esfriando. Aposentados e viúvos lendo jornais à procura de companhia; policiais perambulando pela praça; *Um pastel, por favor!* "Que maldito cheiro de fritura! Pooooooorra!!! Como vou atrás de emprego desse jeito, perfumado!?". No que tomou o primeiro gole, ouviu a vinheta do jornal da manhã, sentiu o café entalar na garganta: ele não estava batendo o cartão ponto. Começou a suar, não sabia se por causa dos pensamentos ou por causa do café "pelando". Queria encontrar alguém como ele, mas como saber se as pessoas estavam tão distantes? Por quê?

Tomou o resto só, num gole só, queimou a garganta! Não aguentava mais continuar vendo o homem enternado rindo, lendo o jornal, sem olhar o relógio. Uma mulher ergueu o braço: *Um suco de laranja, por favor!* Quando o liquidificador começou a preparar o suco lembrou-se novamente das máquinas de sapato e do ronco da mulher na noite passada cansada de um dia pesado de trabalho e ele aí erguendo uma xícara leve de café feito o homem engravatado que estava duas cadeiras pra lá E o liquidificador andava e ele pensava sobre o uniforme da empresa limpo quando chegasse em casa sem o suor preso no corpo e os calos das suas mãos aos poucos sumindo e ouvia o "boca de ofertas" da farmácia em frente gritar *Promoção de fraldas* Levantou rápido da cadeira e foi até o balcão Amélia queria ter filhos E o liquidificador ainda trabalhava trabalhava a laranja a água tudo se misturando e girando no "liqui" e ele pôs a mão no bolso e revirou lá dentro em busca de uma moeda e ele não achava e a atendente em frente dele parada e ele mexia e ele revirava e ele tentou remexer ainda mais no bolso e ele começou a suar e a falar sozinho até que por fim tocou na moeda O liquidificador foi parando ele respirou fundo parou Pagou e saiu.

Passava uma a uma as vitrines das lojas, mas, pouco mais de uma hora longe de casa, da rotina, e não sabia o que estava fazendo ali: estava perdido. Por que olhava as vitrines à procura de vagas de emprego se viveu toda a sua vida ao lado de máquinas e erguendo peso?

Caminhando, uma das lojas chamou a sua atenção. Ouviu o som dos circos, do picadeiro, do palhaço, parece que todos os outros sons da cidade calaram: os ônibus, o vendedor de ouro, o "boca de loja" que gritava as ofertas do dia, as buzinas dos carros. Sentiu-se bem! Que feliz lembrança aquela música trazia: ele sentado ao lado de 20 ou 30 coleguinhas na sala de aula apertada e, no terreno baldio ao lado da escola, o pequeno circo que causou alvoroço ao se instalar ali. Por duas semanas todos esqueceram o português, a matemática, a química, e até a educação física, grudavam os olhos e ouvidos na janela da sala de aula para ver o Palhaço Sabiá passar, aquele que dava chute em bunda de gordo até o sapato gigante entalar. Lembrou-se que vendeu garrafas de vidro para "cobrir" o ingresso.

(Trombada)

– Sai da frente, pô, cuida aí, sai da calçada, anda. Tá pensando o quê?

Antônio pediu desculpas. Continuou andando. De onde vinha a música dos circos? Desviando de pessoas, erguendo os olhos por cima de todas aquelas cabeças, foi caminhando em direção ao som.

Como nunca havia visto aquela loja antes? Como nunca havia visto aquele colorido todo na vitrine? Como? Na cidade cinzenta! Por que aquilo que lhe fez tão bem na infância estava hoje tão longe dele? Os chapéus, aros, plumas, argolas, os sapatos gigantes que ele tanto gostava, nariz de palhaço, bola bolha, gravatas de todas as cores, perucas e um kit de maquiagem em promoção. Antônio balançou na corda bamba. Ah, como queria ser o Palhaço Sabiá. Mas que palhaço haveria de ser tão triste quanto ele? Palhaços não se suicidam, morrem de tanto rir!

Após pouco mais de uma semana rodeando o centro da cidade atrás de trabalho, fazendo algumas entrevistas, buscando agências de emprego, enfrentando filas quilométricas, exausto, não tirava da cabeça o som dos circos: a plateia eufórica, o rugido dos leões, as crianças, a risada alegre do Palhaço Sabiá. Não conseguiu mais se aguentar. Com a tristeza escondida, resolveu entrar na loja e comprar a fantasia de palhaço. Comprou também algumas maquiagens, o sapatão e, claro, o nariz: suava frio pensando que aquele dinheiro todo garantiria uma semana da casa. De brinde, ganhou uma pasta, usada para guardar todo o figurino. Mas como chegar em casa com aquela "tralha" toda? Teve uma ideia!

Antônio já estava sentado à mesa quando Amélia trouxe, queimando as mãos, as panelas de feijão e arroz.

– Pronto! Dei uma esquentada, mas está bom. *Restê de ontê!* – brincou Amélia. Antônio ficou estático, pensativo, então a mulher disse:
– Ei, Antônio, o que você tem? Ei, Antônio!
– Oi.
– Que que tem?
– Nada.
– Como, nada? Te chamei umas dez vezes.
– É que... eu tô cansado.
– Tudo bem na firma?
– Fui promovido. (*Amélia acendeu os olhos*) Me tiraram das máquinas e agora vou vender sapatos de porta em porta.
– Quê?
– Fui promovido!
– E isso é cara que se faça? Ficar pensativo como uma estátua grega? Que bom, meu amor! – correu ao redor da mesa e pulou no pescoço do marido, dando-lhe um abraço. Antônio deitou nos ombros da mulher. Amélia acrescentou:
– Eu vi a mala lá no quarto, embaixo da cama! – foi quando Antônio deu um pulo.
– Viu? – e fez uma cara de apavorado.
– Sim, vi. Por quê?
– Porque... bem... é que tem uns catálogos lá. Não quero desorganizar.
– Não, eu não abri. Ia até perguntar de onde tinha vindo aquela coisa.
– Ah, melhor.

– Mas então quer dizer que finalmente vamos jantar no restaurante francês? – e abriu um sorriso.
– É cedo ainda, temos que deixar umas contas em dia.
– Tá certo, mas depois quero ir. É meu grande sonho, você sabe! – Antônio "encolheu" e encheu a boca de arroz e feijão para evitar conversa.

***

Das primeiras vezes em que o Palhaço Sorriso saiu a fazer rir, a rua não deu bem, era época de férias e muitos procuravam o litoral, portanto, o movimento era baixo. Ainda assim, durante a semana, Antônio saía cedo, muito bem arrumado e de pasta na mão, ia até a Praça das Pombas, descia as escadas que davam no banheiro público e, na frente de um pedaço de espelho que havia sobrado da folia dos vândalos, transformava-se: "Eu sou o Palhaço Sorriso, aquele que faz você rir até mesmo depois de ter arrancado um siso!". Feito o trabalho – a palhaçaria –, trocava de roupa, limpava a maquiagem e voltava para casa.

No primeiro mês, Antônio falou à Amélia que o dinheiro que ganhava com o novo cargo era pouco, pois a comissão acertada nos trinta dias iniciais era mais baixa que nos demais. Ainda disse que os sapatos não "saíram bem" porque outro vendedor havia feito aquela praça há pouco tempo.

Antônio engoliu seco quando a esposa cogitou um jantar no restaurante francês.

No segundo mês, o Palhaço Sorriso já estava com um bom espetáculo, a rua até que não deu tão mal, mas não mais do que ele esperava. "Conversou" a mulher dizendo que a firma estava em crise e que o chefe falou brevemente sobre a empresa ter perdido uma licitação – explicou como pôde o que a palavra significava. "As coisas vão mudar, Amélia! As coisas vão mudar!"

Três dias mais tarde, Amélia pediu que o marido passasse no mercado para comprar pães, mas Antônio inventou uma forte dor de estômago e que não conseguia sair de casa: já havia "pendurado" na conta do mercadinho por três dias seguidos. Depois de quinze dias, as primeiras compras faltaram.

No terceiro mês, Amélia veio dizendo que havia saído do emprego e que já estava quase certo para começar noutro, à noite, na cozinha de um bar, só iria acertar os detalhes. Começou a trabalhar!

Amélia saía de casa pouco depois de Antônio chegar. Por mais que o marido quisesse esperar a esposa, dormia: os dois quase não se viam mais.

Da vez em que a mulher chegou quase ao nascer do sol, Antônio ficou furioso. Amélia comentou que o dono do bar tinha vários pontos de comércio espalhados pela cidade e que ela foi trabalhar num outro lugar, substituir uma menina que havia faltado. O marido, sem pôr muito dinheiro em casa, não pôde dizer nada.

Como ser o Palhaço Sorriso depois de tudo o que estava acontecendo?

***

Certo dia, Amélia disse ter perdido o ônibus. Nesse dia, tiveram uma discussão ferrenha que terminou com a esposa falando o seguinte:

– Até quando teremos apenas duas xícaras na nossa mesa? Que vida é essa? – queria ter filhos.

Nem um mês depois do acontecido, jantando, quando Antônio ameaçou mostrar ciúmes da mulher estar trabalhando à noite, emburrada, sem dizer uma única palavra, Amélia levantou da cadeira e foi deitar-se. Antônio cruzou os braços e deitou por alguns minutos a cabeça já "pesada" em cima da mesa. Quando a ergueu, sentiu os olhos arderem por causa da luz fraca, amarela. Estendeu os braços e limpou as flores de plástico empoeiradas que enfeitavam a mesa. Pegou o controle remoto e desligou a tevê 14 polegadas que ficava em cima do roupeiro. Ficou tentado em puxar de lá de cima uma caixa de sapatos com algumas fotografias de quando os dois eram felizes. Permaneceu mais um tempo acordado e foi deitar: nem mesmo encostaram-se à noite.

Levantou no outro dia e, como sempre, arrumado e de pasta na mão, foi até a Praça das Pombas.

Desceu as escadas que davam no banheiro público, puxou para fora a roupa de palhaço e vestiu-se. Mas quando parou em frente ao pedaço de espelho em que sempre se maquiava, pisou em algo: era um batom vermelho. Passou o dedo no espelho e tirou um pouco de pó de maquiagem. Suspeitou! Alguém, como ele, ocupava aquele lugar.

 Conforme ia embranquecendo o rosto, seus olhos ganhavam verdade. Realçava as suas linhas de expressão, delineava a alma. Esquecia-se de ser Antônio, sombra sombreava, o vermelho velava seu sorriso e fazia nascer o do Palhaço.

 Ela, conforme passava o lápis na sobrancelha, "desenhava" na cabeça as ruas e becos que visitaria. Orgulhava-se dos olhos verdes, por isso pintava querendo realçá-los. Tratava com delicadeza a pele. Investiu em cílios postiços e uma bolsa, poupava em perfumes, dizia ter seu próprio aroma: essência pura. Deixava de ser Amélia para ser a outra, Susi, sentia-se mais, tanto que se esquecia dos problemas.

 O céu nublado já acusava, a sinaleira próxima do zoológico não daria muitos carros, as famílias deixariam de visitar o leão, a zebra, a girafa e iriam ao shopping. O Palhaço Sorriso resolveu buscar uma sinaleira mais longe daquelas em que sempre trabalhava, mais perto do shopping, talvez daria mais grana, quem sabe a caminhada valeria a pena. No fim do dia até que deu bem, poucos não baixaram os vidros dos carros e abriram um sorriso ao palhaço.

Com as nuvens carregadas, a noite veio antes, já era hora de sair: a caminhada seria mais longa.

 Depois de negarem a ele um banheiro de bar e de uma farmácia para se trocar, demorou um pouco para encontrar um banheiro público, mas estava trancado. Resolveu voltar por outro caminho. Quando subia as escadas, foi abordado por dois indivíduos. Sentiu logo que aqueles não eram bons ares. Segurou firme a pasta e avançou sobre eles: só Deus sabe por quanto tempo correu, até se esconder atrás de alguns carros em um estacionamento. Vigiando, percebeu que acabaram desistindo, mas ainda permaneciam ali, em frente ao estacionamento. Descansou, retomou o fôlego! Deixou os minutos passarem, até ver os dois sumirem dos seus olhos. No entanto, sabia que da mesma forma que entrou no estacionamento, correndo, deveria sair, para evitar maiores complicações. Seria cômico o noticiário: "Homem tenta assaltar estacionamento vestido de palhaço!". Enfim, tomou forças e foi.

 Havia perdido a hora, o ônibus, então encarou a pé. Decidiu que faria uma volta ainda maior e que iria até o seu velho e bom "camarim" de sempre. Andou por quase uma hora quando, já próximo do seu banheiro, começou a chover forte. Não se via nada à frente, então o Palhaço Sorriso resolveu abrigar-se embaixo de um toldo numa avenida movimentada do centro. A roupa de palhaço encharcada perdia o brilho. Já passava das 22h, e ele dividia espaço com prostitutas e michês. Chove forte: a maquiagem começa a borrar. Ouve um estouro: caminha em direção da esquina.

    O homem dirige em alta velocidade: a cidade é rápida, caos, vertiginosa. Chove forte, os limpadores do para-brisas não dão conta, não vê nada à frente, os olhos do motorista andam lentamente. "Cinquenta reais" – diz Susi. "Pega a carteira no porta-luvas. Passa aqui!" – diz o homem. Puxa a nota de cinquenta e, depois do gozo, dá a ela, com desgosto – as putas deveriam cobrar antes do gozo. Desconfiado, próximo da esquina, guarda a carteira no bolso de trás, é quando ouve um estouro: farol quebrado, vidro estilhaçado, fumaça saindo do capô, uma tontura nas cabeças. Ele, com medo das sirenes. O medo de que Susi seja a vítima na ocorrência policial. "O que Fátima, que está deitada em casa com Laurinha e Pedrinho, irá dizer?"
    – Tô tonta!
    – Sai do carro.
    – Mas...
    – Sai!
    – Para! Larga meu braço!
    – Sai do carro, sua puta, tu acha que eu sou o quê?! Sai!
    Chuta ela pra fora do carro!

Susi sai cambaleando, tira o salto alto e caminha de pés descalços. Envergonhada, puxa a saia para baixo, está ensopada. Um pouco a chuva, um pouco o choro, borra a maquiagem. Encostando-se pelo muro, dobra a esquina.

Dobram
    a
Esquina.

O Palhaço Sorriso e Susi olharam-se irreconhecíveis. Depois, pararam alguns metros um do outro, cobertos de água. Antônio olhou a mulher de cima a baixo, quase não acreditou, talvez nunca tivesse visto Amélia tão linda. Ela quase esqueceu de si esboçando um sorriso ao ver o palhaço. Ao mesmo tempo, sentiram-se traídos. Lançaram olhares de adeus, viraram-se e começaram a caminhar, foi quando ouviram uma música: tocava *Je t'aime moi non plus*. Estavam em frente ao restaurante francês. Olharam para ele, colocaram a mão nos bolsos e, tímidos, contaram o dinheiro. Andaram em direção à porta de entrada. O atendente olhou-os de cima a baixo, os dois encharcados, engoliu seco um não – era terça-feira, o restaurante geralmente ficava às moscas – e disse: – Os nomes, por favor?
– Antônio.
– Amélia.
Deram-se as mãos e entraram no restaurante francês.

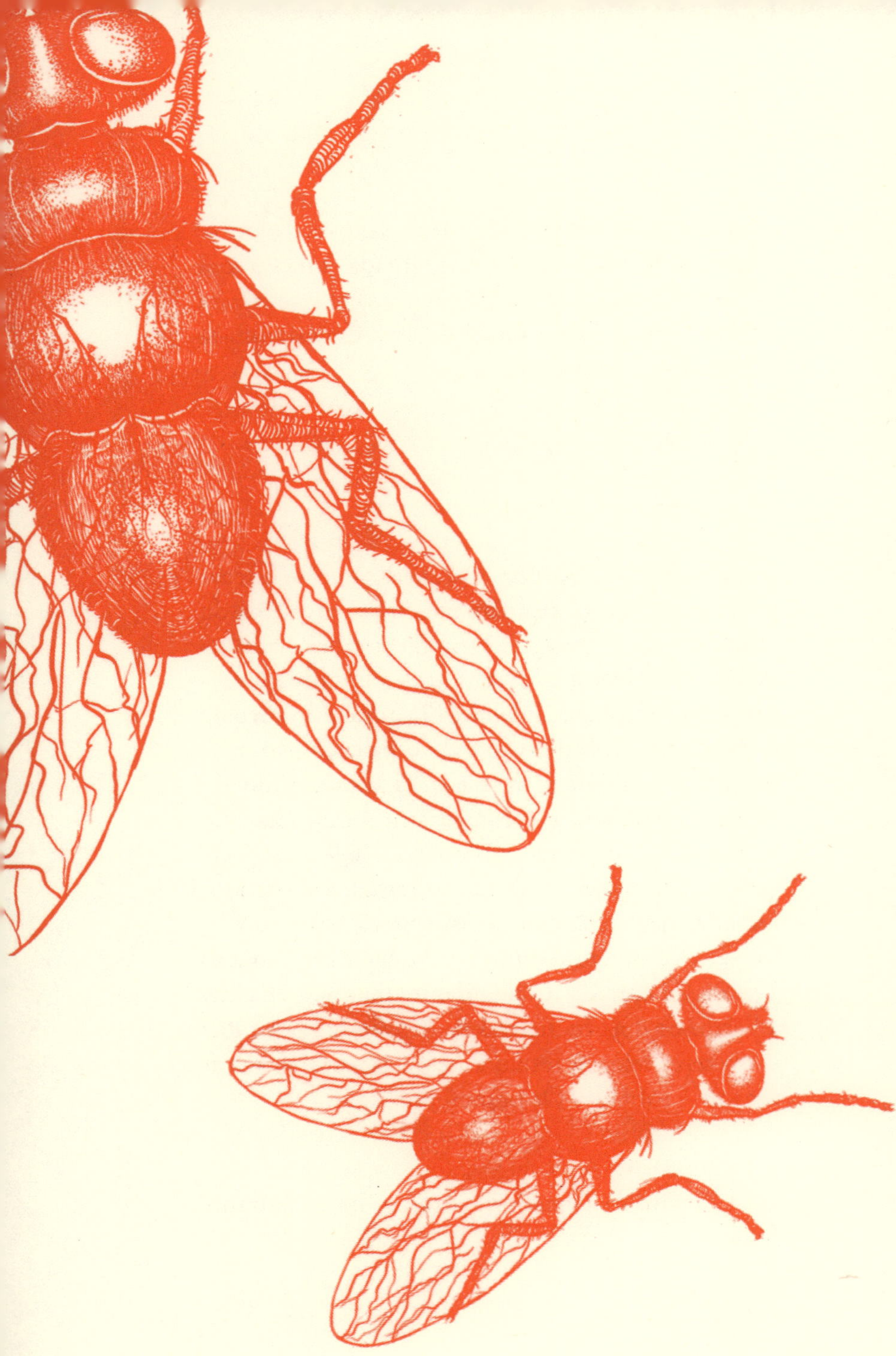

BENIGNO FIN

    Dono de um barzinho que dava uns 20 passos da igreja, seu Fin, como era chamado – feliz quando morre gente importante ou conhecida de todos: lucro certo –, ficou escorado no balcão do próprio bar bebendo até bater quase uma da manhã, e a cada pouco resmungava consigo mesmo: "Dois meses que não morre ninguém! Dois meses". E seus olhos viam cada vez mais longe dentro dele mesmo. E a cada gole, a mão, com raiva, mais firme abraçava o copo. Fechou o punho e soqueou o balcão: "Dois meses, meu Deus! Dois meses!". E imitou o semblante daqueles que pedem com piedade: "Me ajude, meu Deus, senão... não sei!".

Maria

Quando Fin ficou sabendo do estado de saúde de Maria, logo fez um pedido de bebidas e lanches três vezes maior que o pedido habitual para aquele mês. Maria, quando viva, costurou por trás de seus óculos de grau sabe-se lá quantas roupas, quase por caridade, por um valor que lhe pagava muitas vezes uma roupa pior para vesti-la. A vida foi dura! Meses depois de a filha nascer, o marido fugiu com outra. Teve um dos poucos momentos de alegria quando aprendeu a fazer crochê e viu duas ou três peças serem vendidas no boca a boca. Realizou-se na vida quando pôde expor seus trabalhos em uma feirinha que acontecia uma vez por mês na praça da cidade. Quando sofreu um AVC, a filha, como quem se esquece de pegar uma roupa deixada há tempos para reparos, buscou sua mãe para morar junto dela na cidade: pagou o preço depois dela partir – ficou em retalhos.

Aroldo

Quando Fin ficou sabendo sobre Aroldo não conseguiu mais descansar em paz. Aroldo, quando vivo, talvez tenha sido aquele que mais vezes frequentou o salão da comunidade e, por isso, tinha o seu nome como festeiro em pelo menos cinquenta cartazes de divulgação. Além disso, sabia, como ninguém, fazer gols pelo time do distrito, tanto que levou o troféu de goleador por diversas vezes. Quando bebia, tinha o vício de fazer os outros rirem, e se uma criança estivesse por perto então, era de praxe, lá estava ele fazendo saltar a dentadura da boca para que ela desse umas boas risadas. Era rapaz do bem, daqueles que poderiam andar torto: ninguém acreditaria que tivesse levado um tiro de sal nas pernas por malandragem, e por ele colocariam a mão no fogo. Sempre disse, quando acontecesse era para ser um dia de festas, ou, ao menos, com pouca tristeza. O que somente a esposa sabia é que, a pedido do morto, queria ser velado como seu pai, na sala de casa, e enterrado ao lado do irmão, na distante cidade de Jatobá das Sombras. Devido à viagem que o corpo teria que seguir, bem mais longa que a da alma, tendo essa ido direto para o céu, foi dado aos conhecidos um momento de exposição do corpo em sua própria sala de visitas, essa que tantas vezes viu os seus amigos sorrindo.

Pequeno Martin

Quando Fin ficou sabendo que o menino havia morrido, convenceu-se que o pequeno Martin ter sido atropelado bem em frente à sua casa havia sido uma fatalidade. Sim, convenceu-se que tudo aquilo foi uma fatalidade. Portanto, após saber definitivamente sobre o pequeno Martin, seu Fin pediu que, de imediato, lhe entregassem bebidas e lanches. Quando viu a filha chorando no colo da mãe, ligou novamente aos fornecedores solicitando que incluíssem balas e chocolates ao pedido. Com apenas 12 anos e morando há dois na cidadezinha, Martin fez poucos amigos no colégio. Por ser criança, era inteligente e de papo adulto: parecia velho para a idade. Amadureceu cedo demais. Os pais, empregados para a colheita da safra, após o acontecido, sem demora carregaram em uma das mãos as malas e, na outra, um de cada lado, a caixinha de madeira, tão leve quanto a alma do menino. Era ela que dava sustentação aos dois, equilíbrio para que não desmoronassem. Levavam o pouco que tinham e o tudo que perderam. Levaram-no na boleia de um caminhão e iam com destino a uma cidade vizinha onde vivia um primo do casal que acreditavam que pudesse ajudar dando um enterro digno ao filho. Esperavam encontrá-lo, já que há mais de um ano não tinham notícia dele: iam com esperança. Ao menos estavam indo, pensavam, e se nada se modificava naquela boleia, naquele espaço parado, ao menos a paisagem já era outra. Como aquela boleia balançava! E a mãe, preocupada com o menino, envolveu o caixãozinho com palhas de milho. Os pais, um de cada lado, ficaram firmes segurando a caixinha preciosa. "Não quero que ele se machuque. Cuidado! Segura! Não quero que ele se machuque", dizia a mãe, querendo ver o filho bem. E abraçava a caixinha de madeira, por vezes repetiu ao marido que o filhinho havia lhe contado sobre uma coleguinha chamada Emily e dizia vibrante: "Chegou a se apaixonar". O pai erguia a cabeça aos céus!

Benigno Fin

Durante uma e outra história, Benigno Fin lucrou como sempre lucrou: vendendo seus traguinhos e aguentando as jogatinas de carta que varavam a noite.

Durante um desses jogos, por volta das 21h, Tito entrou correndo no bar: "Parece que dona Maria foi encontrada morta!". Como era conhecida, os jogadores logo largaram as cartas, esqueceram a pontuação e correram em direção à casa da costureira. Fin avisou sua mulher, fechou o bar e seguiu os outros dois que iam até lá.

– Queira Deus que nada tenha acontecido – disse um deles.

– Todo mundo conhece ela! – pensou Fin.

– O melhor seria ligar pro doutor Piero. Tem o número dele, Fin?

– Não tenho!

– Que eu saiba no fim de semana ele vai pra capital.

Fin disse: – Acho que não adianta ligar, o Tito acabou de falar que ela morreu. Melhor a gente chegar lá e ver, talvez alguém já tenha ligado.
– Acho que eu tenho o número. Achei! Aqui!
– Tenta! – comentou um dos homens.
(...)
– Que merda! Não dá!

Chegando lá, entre outros carros, viram o do dr. Piero estacionado em frente à casa da costureira. Driblaram os cachorros e entraram na casota. A velha, sob os cuidados do médico, estava deitada na cama. Rapidamente ergueram seu corpo, levaram-na até um dos carros e correram em direção ao hospital da cidade mais próxima. Fin entrevistou o médico:
– Como ela está?
– É grave, mas não corre risco de vida! Acho.
– Como, acho?
– Não consigo dar um diagnóstico preciso sem exames. O que sei é que teve um AVC.
– Mas será que passa dessa?
– Ela é forte!
– É, mas esses AVC não sei não, geralmente... é difícil!
– Vamos ter fé, seu Fin, vamos ter fé!
– Sim, vamos ter fé que sim. Bem, qualquer coisa, se ela piorar, me diga, me avisa no bar. Sabe como é, todo mundo passa por lá!

No outro dia, a cidade costurava comentários sobre Maria, sendo que um dizia uma coisa e os outros, outras, e, assim, surgiram várias histórias de vida e de morte. Mas verdadeira mesmo, e quase ninguém entendeu, foi a "conversa" que tiveram Tito e Fin.

Quem chegou bem cedo na bodega já havia visto o copo de Fin no balcão apenas com uma baba de pinga.

Tito, como sempre, estava sentado numa mesa bem no canto do bar e comentava com outros dois amigos sobre o acontecido com dona Maria. Seu Fin permaneceu quase toda a manhã "fechado", monossilábico, preparando os tragos e pondo-os em litrões: provava cada um deles. Resmungava uma vez ou outra, já que não conseguia espantar as moscas que infestavam o bar, "Essas praga! Essas praga, meu Deus!", motivo esse pelo qual desconfiava que a clientela tivesse diminuído.

E quando provou um daqueles tragos sentiu que o gosto não estava no ponto e, com toda a força, jogou o medidor de doses na pia fazendo um barulhão. Quem estava nas mesas logo olhou para o velho sem entender nada. Fin permaneceu de cabeça baixa. No entanto, quando atendeu Assunta mostrou ainda mais aspereza.

– Fala! Quantos pães?
– Cinco.

E no momento em que Assunta estendeu uma nota de valor alto para tão pouco, cinco pãezinhos, Fin franziu a testa e engrossou a voz:

– Não tem troco?

– Não.

E Fin, sem muita coordenação, começou a mexer e remexer na gaveta e o barulho das moedas ecoou. E quando algumas caíram no chão, a mesa de Tito olhou para seu Fin, que ficou com o rosto corado por não ter troco. Isso poderia acusar a sua situação financeira. Como se estivesse dando a contragosto as compras, disse a Assunta:

– Pega e leva isso aí! Pega e leva essas coisas. Vai! Vai! Paga outra hora.

No impulso, Assunta recolheu a sacola de pães de cima do balcão e saiu. Em casa, pensando bem, não teria levado os pães, teria jogado todos eles na cara do pobre homem. Não estava mendigando!

Após Assunta sair, bastou uma segunda olhada de Tito para Fin, já embebido de raiva, transbordar:

– Tito, seu mentiroso, tu não disse que dona Maria tinha morrido? Isso é brincadeira que se faça comigo? Não estou nem conseguindo atender decentemente os meus fregueses.

Tito ficou olhando com estranheza. Fin girou por trás do balcão e foi em direção dele.

– Isso é brincadeira que se faça, dizer que morreu se não morreu?

– Mas Fin, foi o que disseram, que ela... Você não me conhece de hoje, sabe que eu não brincaria com uma coisa dessas.

E Fin deu um soco na mesa, e os outros que estavam com Tito, como duas facas que pulam depois de um soco dado em uma mesa, levantaram. Soco esse que também chamou a mulher de Fin:
– Que que tá acontecendo aqui? Fin, vem pra cá!

Fin, encarando Tito, foi para o lado da mulher. Como se fosse chutado do bar, Tito saiu.

Logo a cidade ficou sabendo sobre a discussão de Fin com Tito. Todos condenaram a atitude do dono do bar, tanto é que um torneio de cartas que estava sendo organizado simplesmente foi "esquecido" pelos frequentadores do bar, deixado de lado, ou seja, morreu. Ainda sobre o fim do campeonato, disse a "meio mundo" que Tito havia estragado tudo, espalhando que ele, seu Fin, tramava contratar uma dupla de jogadores de fora da cidade com as artimanhas do jogo sujo para que esses dois levassem o primeiro prêmio e depois, com ele, o dono do bar e do campeonato, dividissem o dinheiro.

Os sinos cantaram antes dos pássaros, e foi então que Fin pulou da cama: parecia um sonho. Na escuridão do quarto sentiu as madeiras da casa rangerem, tremerem, afinal ela cravava os pés ao lado da torre. Ficou por alguns minutos ouvindo os sons. Pensou em pirraça de crianças, mas não ouvia os risos de malandragem misturados ao som do sino, além do mais, havia o ritmo de quem sabe manejar a corda. "Alguém morreu!", pensou consigo mesmo. Ficou em dúvida: "Se é rico, geralmente batem por mais tempo o sino, se é pobre batem pouco". Mas também sabia que o tocador de sino mantinha uma alma preguiçosa.

Abriu a porta e foi até o pé da torre. O sineiro descia.

– Boa noite, Jacinto!
– Boa noite, Fin!
– Quem foi?
– O Aroldo.
– O Aroldo?
– Pois é! Se sentiu mal e... se foi: mal súbito!
– Era mais novo que eu o coitado. Sabe onde vai ser o enterro?
– Não sei não.

Foi quando a mulher de Fin o chamou.

– Até mais, Jacinto.
– Até.

Entrando em casa, a mulher de Fin perguntou:
– Quem foi?
– O Aroldo! O da Cândida. Mal súbito.
– Meu Deus!
– Vai ser aqui o enterro?
– Não sei ainda.

– Bem hoje!
– O quê?
– Sim, bem hoje que a gente vai passear!
– Verdade!
– A Emily tá loca pra ver a prima. Já faz quase um ano que as duas não se veem.
– Olha... eu vou ficar.
– Mas Fin...
– Cedo eu pego as passagens e vocês vão de ônibus. São só dois dias. Eu tenho que ficar pra vender no bar.

A mulher fechou a cara e foi deitar. Benigno Fin passou a porta que dava para o bar, ligou a luz e espiou o salão por um minuto, para ver se estava tudo em ordem. Deitou na cama, mas, imaginando como seria trabalhoso aquele dia, não conseguiu mais dormir.

Fin levantou cedo, comprou as passagens e embarcou a mulher e a filha, Emily. Se dependesse delas comprariam somente a passagem de ida.

Depois disso, Benigno Fin voltou para casa, e não tendo encontrado uma alma sequer remexendo os cascalhos em frente à igreja, a fim de enterrar o morto, resolveu seguir até a casa de Aroldo.

Ao chegar à casa do morto, havia quem se confundisse com um encontro pré-jogo de futebol, tantas eram as camisestas do time do distrito que desfilavam dentro e fora da casa. Vendo aquilo,

Benigno começou a roer as unhas de raiva. "Que maldita malandragem com o pessoal, velar aqui, nessa casinha de 5x5!? Com toda essa popularidade!?" Na hora não quis saber sobre os motivos de o velório ter sido ali na casa do morto, virou as costas e desapareceu. Desejou que a alma nunca mais saísse de lá. Voltou para casa e, sozinho, bateu-lhe certo arrependimento de não ter ido com a mulher e com a filha para a casa do cunhado. No silêncio do bar, almoçou. E após comer um belo pedaço de carne, foi até a porta e, com um chute, acordou o cachorro que, cansado de esperar o osso, dormia enrolado em si mesmo sonhando com um pedaço suculento. Benigno jogou o osso o mais longe que pôde, bem no meio da estrada de pó, a fim de mandar também o cão o mais longe possível. Indo catar as sobras, o pobre bicho saiu correndo e ainda assustou-se todo, encolheu-se e apressou o passo quando ouviu o estouro da porta. O cachorro olhou para trás, mas não viu mais o homem raivoso. Pegou o osso e levou-o para mais longe ainda. Dentro de sua casa, acuado, seu Fin sentiu-se como que preso, e, sem ter para onde ir, foi deitar. E ficou lá, encolhido, sozinho em sua casinha.

Só depois de alguns dias, Benigno veio a saber sobre o desejo de Aroldo de ser velado onde o pai também entregara a alma e de ser sepultado ao lado do irmão na longínqua cidade de Jatobá das Sombras.

***

Quando a campainha da escola avisou que já era hora de ir embora, Martin levantou de sua classe com a calma de uma flor que cresce em meio à guerra, e, por isso, só pôde ver os cabelos esvoaçantes de Emily cruzando a porta da sala de aula. Mas se havia perdido Emily naquele instante, ganhava a chance de vê-la a sós, pois notou o caderninho da menina esquecido embaixo da classe. Logo buscou as últimas páginas, lugar onde as garotas guardam os segredos de amor, e não errou: seu nome estava lá, junto do dela, dentro de um coração. Pela estrada de chão, fechava os olhos e, com o dedo indicador, sentia com qual leveza Emily havia escrito aqueles dois nomes. Seus dedos acariciavam o papel e, como se consultasse uma espécie de mapa, chegou finalmente à casa de Emily. Resolveu, alguns passos antes, entrar pelo mato, pois não queria ser visto por ninguém: aquele deveria ser um momento só deles. De trás de uma árvore, com o caderninho em uma das mãos, pegou uma pedrinha do chão e jogou na janela do quarto dela. Aguardou silenciosamente, mas não ouviu a casa fazer barulho. Até que percebeu o som dos talheres. Com a mochila nas costas e sempre abraçado ao caderninho, encontrou um lugar de onde conseguia ver lá dentro, todos os três sentados à mesa: seu Fin, a esposa e Emily. "Que corajoso!", pensava sobre si. "Que coragem!". Ele era um herói. Ficou alguns minutos ali, parado, na calmaria do espaço de fora, esperando algo acontecer, enquanto, dentro de si, acontecia um turbilhão: Emily abriria a porta e o recompensaria com um beijo; Emily abriria a porta e depois um belo sorriso e, sem saber o que fazer frente ao amor, ansiosa, a fecharia: mas ele a abriria e invadiria o lugar e ensinaria a Emily os caminhos para o beijo; Emily abriria a porta, veria o caderno, pegaria em sua mão e os dois fugiriam por dias. Emily, Emily, Emily... e chegou a pensar que Emily havia deixado o caderninho de propósito embaixo da classe. Foi então que a menina e sua mãe levantaram e começaram a recolher a mesa. Seu Fin passou pela porta que dava para o bar. Emily recolheu a toalha e cruzou em frente à janela. Prendendo o caderninho no peito, Martin foi se escondendo de árvore em árvore e rodeou a casa. Talvez nunca antes tivesse se sentido assim, tão vivo. Ficou esperando Emily sair para bater a toalha. E quando a maçaneta girou, foi então que Martin saiu de trás de um tronco de árvore e pregou os pés bem em frente à porta. No entanto, seu Fin abriu e os dois ficaram frente a frente. Seu Fin soltou um berro que espantaria qualquer pássaro e, assustado, tropeçando com os chinelos de dedo, o menino saiu voando em direção à estrada de chão. Foi quando viu a camioneta, a camioneta "apontar" lá na curva. E ao olhar para trás, agarrado ao caderninho de Emily, enxergou aquele homem barrigudo, desengonçado, mal-humorado e de olhos mudos correndo atrás dele. Martin, agarrado ao caderninho e rindo das peripécias do amor, ainda conseguiu destacar a última folha e guardá-la calada no bolso. Ninguém acabaria com o amor entre ele e Emily, e, por isso, o pequeno Martin resolveu que iria para um lugar aonde Benigno Fin jamais pudesse pegá-lo.

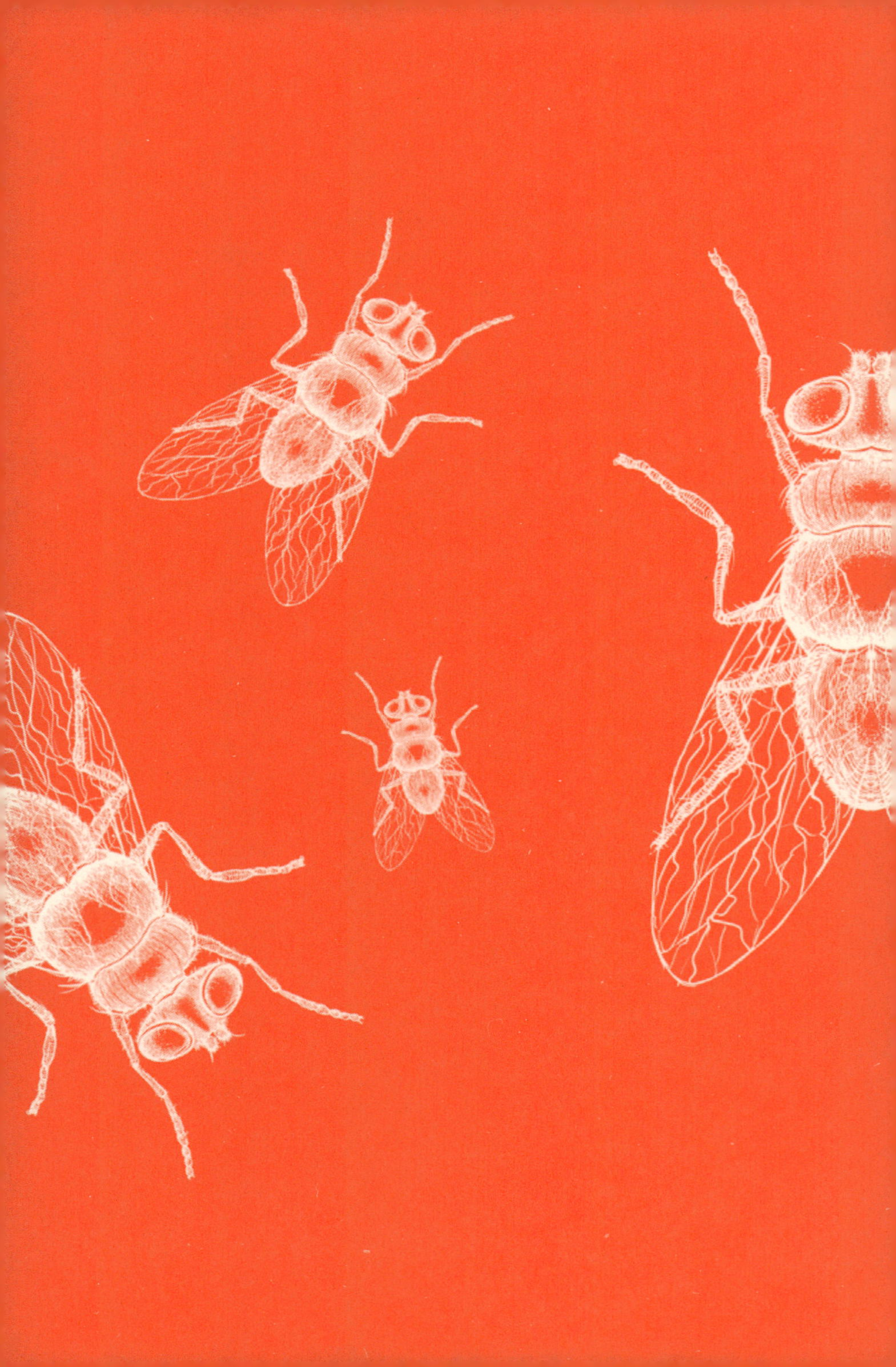

TAGARELA

     Eugênio levava uma vida cômoda: caminhava da casa ao armazém, e o mundo era a sua varanda. Grisalho, olhos saltados e orelhas grandes, que lhe renderam muitos apelidos na infância. Acima do lábio superior, rugas. Tinha mania de permanecer com os dedos das mãos inquietos, deixar as pernas cruzadas e balançando e, quase que de forma imperceptível, mexer levemente a boca, como se ali batesse um coração, tudo isso sincronicamente.
     Na varanda, Eugênio dormia de boca aberta, roncava para os ares: uma mosca explorava sua face, caminhava pelos seus lábios. Foi quando, mais alto que o seu ronco, soou um motor. Eugênio pulou da cadeira de balanço e viu um caminhão tapar a casa da frente. Esticou o pescoço, mas não conseguiu enxergar nada.

Finalmente, terminaram a mudança, e o caminhão limpou a frente da casa. Eugênio voltou a cabeça para lá e, com os olhos, ficou procurando um barulho qualquer. Olhou as janelas, mas ninguém apareceu. Quem sabe um espelho quebrasse, uma porta de roupeiro caísse, um martelo batesse, pensou. Quem sabe Eugênio visse uma criança saindo para bater bola na rua, a fim de só conhecer amigos. Quem sabe uma briga de casal já no primeiro dia, mas nada acontecia. Três luzes estavam acesas: esperava que fossem desligadas, pois condenariam claramente onde o corpo estava. Até que ouviu o canto de um pássaro. Olhou para o seu: estava saltitando na gaiola. Ouviu novamente o som: não era o seu bichinho. Fitou a casa e os arredores: não perderia o próximo piu. Esperou. Na medida em que os carros, durante o horário de pico, iam passando e desavolumando o cantar do pássaro, Eugênio, desumanizando-se, resmungava baixo, falava sozinho e, ansioso, roía as unhas. Ouviu novamente o som: vinha da casa da frente. Mas só teve a comprovação quando ela saiu: havia uma fêmea na casa.

A nova vizinha carregou a gaiola e pendurou-a em um prego improvisado na parede. Provocou encantamento. Ele queria falar que se a gaiola fosse posta do outro lado, pegaria mais sombra durante o dia, ou que colocá-la no pilar da varanda seria ainda melhor. Eugênio, mais que tudo, ficou feliz quando viu a beldade trancando a porta e saindo para a rua. Ela vive só, pensou.

Com o passar dos dias, a timidez de Eugênio foi se perdendo. Isso graças ao cantarolar de seu pássaro, Tagarela, que assoviava descaradamente para a passarinha da vizinha. Ele percebeu o encanto dos dois e também que Telmah, a vizinha, ficava de olhos e ouvidos para o casalzinho. Eugênio nunca foi visto por tanto tempo na varanda. A grama sempre aparada, as flores impecáveis, os cuidados com o pássaro não poderiam ser melhores. Se pudesse, Eugênio viveria ali para ficar mais próximo do outro mundo, para mostrar-se, espelhar como bem trata as coisas e como bem trataria Telmah. Mas embora a vontade transbordasse, atravessar a rua ainda era uma utopia. O medo segurava-o pelo braço. Se pudesse, voaria para o outro lado; sentia-se preso.

Numa das noites em que ficou até tarde na varanda, olhou bem nos olhos do passarinho – tanto que os olhos do bicho refletiram a sua imagem – e prometeu a ele o mundo. Assoviava seu repertório para o pássaro. Disse que, mesmo trancafinando o pássaro, daria a ele tudo que quisesse. Que nunca esqueceria o que Tagarela estava fazendo por ele, que seu canto era o mais lindo de todos os pássaros e que se sentia o homem mais feliz, pois Telmah o via. Repetiu por vezes que lhe daria o mundo. Ficou até boas horas da madrugada vigiando a casa da vizinha. O vulto de Telmah aparecia de vez em quando, até apagar-se na escuridão da casa dormindo. Cansado, Eugênio foi deitar-se.

    Quando Telmah fez a primeira visita à varanda de Eugênio, foi também por causa de Tagarela. A vizinha elogiou a cantoria do pássaro, disse que sempre foi uma adoradora desses bichinhos, mas que nunca havia ouvido canto tão belo. Investigou se era macho ou fêmea. Eugênio foi monossilábico, gaguejante, as mãos suavam. Sentindo a intenção de Telmah, propôs uma cruza entre os cantores. Eugênio via vantagem, já que a proximidade entre eles aumentaria. Tagarela, na mesma hora, ajudou Telmah a decidir: cantou cortando o silêncio. Ela não teve escolha, disse que visitaria seus pais no fim de semana e que, quando voltasse, juntaria os dois passarinhos numa gaiola.

    Eugênio, ao mesmo tempo em que teve o fim de semana mais longo da sua vida, teve também o mais feliz. Brindou à conquista. Era só ansiedade. Tagarela viveu como um rei: comeu ovos cozidos, folhas verdes e frutas frescas. Bebeu água da fonte, ganhou limpeza diária da gaiola e outras regalias. Conversou com o animalzinho sobre o amor. Deu conselhos, elogiou a avezinha de Telmah. Disse que sabia que estavam apaixonados e que, por ele, depois que estivessem juntos, nunca mais os separaria da mesma gaiola. "Nunca mais! Nunca mais!" Repetiram-se as juras do outro dia: "Tagarela, você verá o mundo dessa gaiola. Te darei o mundo". Tagarela cantava sem parar, parecia sorrir.

    Na segunda-feira de manhã, Eugênio acordou tarde e, quando percebeu a hora, pulou da cama: Telmah devia ter chegado. Correu para a janela e espiou a casa da frente. A porta estava entreaberta e a gaiola pendurada. Mas, na espera de ver Telmah sair, como quem não crê, olhou novamente para a gaiola: a passarinha não estava lá. Afinou a visão para ver se a bichinha se esparramara no chão da gaiola, já com a alma voando para o céu. Não quis pensar no pior. Quem sabe Telmah a tivesse deixado na casa dos pais, mas estranhou: "Por que deixaria lá e traria a gaiola?". "Está com o Tagarela!", pensou Eugênio. Correu até a varanda, mas ele estava só, Telmah não havia posto a passarinha lá. Pensou em atravessar a rua, mas o medo puxou-o pelo braço mais uma vez. Resolveu vigiar a casa de Telmah e chamá-la quando a visse. Ficou um longo tempo na varanda vendo o Tagarela pular de um lado ao outro: parecia impaciente. Mas logo começou a cantoria. E foi nessa hora que Telmah saiu pela porta e seguiu em direção à casa de Eugênio. Telmah contou toda a história. Disse que um sobrinho, por maldade ou bondade, abriu a portinha da gaiola da passarinha, que, confusa, voou sem direção. Lamentou ter combinado com Eugênio a cruza dos bichinhos, mas que nada podia fazer.

Ele queria abraçá-la, confortá-la, dizer que estava ali para o que precisasse. Que se disporia a conseguir uma fêmea para fazer-lhe companhia, a mais parecida possível com aquela que fugira. Eugênio foi novamente monossilábico. Telmah saiu dizendo: "Agora nós só temos o Tagarela". E o perfume da fêmea foi se perdendo pelo ar, sendo levado pelo vento. "Quem sabe quando voltará?", pensou.

Mas logo percebeu! A frase dita por Telmah saltou-lhe nos ouvidos como uma bênção. Ela continuaria a visitá-lo e, quem sabe, com mais frequência. A utilização do "nós" na frase ressoou em seu ouvido como o canto de Tagarela, aproximou-os sem um toque sequer. E Tagarela, novamente, viveu como um rei, criado a pão de ló, com tudo do bom e do melhor. Comeu ovos cozidos, folhas verdes e frutas frescas. Bebeu água da fonte, ganhou limpeza diária da gaiola e outras regalias. Em troca teria apenas que cantar.

No entanto, num intervalo de duas semanas, Tagarela passou a recolher-se pelos cantos da gaiola com os olhinhos fechados. Foi perdendo a voz, ficando rouco e depois mudo. Perdeu toda a cantacidade. Imediatamente, Eugênio foi a um veterinário e detalhou os sintomas de Tagarela, pois, sem o pássaro, Telmah deixaria de ir à sua casa. Voltou munido de remédios. Aplicou. Naquela semana, Telmah não o visitou. Ele acreditava que a moléstia do pássaro havia afastado Telmah, por isso, prometeu novamente mundos e fundos ao Tagarela. Certamente, se ele melhorasse, ela voltaria. Disse que recompensaria o pássaro com tudo de melhor e que, se a partida da passarinha havia lhe deixado triste, isso logo passaria: "Tagarela, você verá o mundo. Te darei o mundo".

Dois ou três dias depois, Eugênio acordou com o Tagarela cantando bem alto. Ao ouvir o pássaro, saiu correndo ao encontro do animalzinho: "Se não fosse a gaiola, de tanto que te amo, te abraçaria, seu Tagarela". E nessa mesma hora, ouviu Telmah gritar: "É ela, é ela, Eugênio! É a minha passarinha!". Telmah, aos berros, dizia ter visto a bichinha pousada na aba da sua casa, jurava que era ela. Eugênio duvidou. De tantos e tantos pássaros, aquela seria a sua passarinha? Como saberia voltar do lugar de onde fugira, lá longe, da casa dos pais de Telmah? Eugênio custava a acreditar que era a ave de Telmah. Não acreditou!
Verdade é que os dois passaram o dia inteiro rodeando os quintais e olhando para o céu azul à procura da passarinha. Já escuro, desistiram.
Com a cabeça no travesseiro, Eugênio custava a acreditar que aquela passarinha era a de Telmah, mas ficou com uma pulga atrás da orelha. Repassou toda a história daquele dia na mente e encucou com o canto de Tagarela, aquele que, de

tão encantador, o acordou. Teria mesmo a passarinha passado e deixado Tagarela em pazsarado?

    Na manhã do dia seguinte, tomou um susto como nunca. Abriu a porta e viu a varanda toda cheia de penas. Pensou que, talvez, um bichano pudesse ter atacado o Tagarela, mas há séculos não via patas de gatos no chão. Tirou a gaiola do prego. Tagarela não tinha marcas pelo corpo. Soprou nas penas para ver se era doença, mas elas estavam firmes. Olhou bem nos olhos do bichinho e custou-lhe acreditar: o pássaro havia tentado fugir! De pronto, veio-lhe o pensamento que teve ao travesseiro: a passarinha havia voltado. Eugênio entrou em casa possuído. Lembrou-se das vezes em que cozinhou os ovos para o bicho, da gaiola nova, que lhe custou uma fortuna, da limpeza diária, que lhe tomava um tempão, e da lonjura que tinha que percorrer para buscar água da fonte, folhas verdes e frutas frescas. Lembrou-se do dia em que explicou a ele sobre o amor. Não podia acreditar, seu pássaro havia tentado fugir. Ficou monossilábico, uma fera. Dizia somente "Não! Não! Não!", e balançava a cabeça. Quando se lembrou de que havia olhado bem nos olhos do bicho e prometido dar a ele o mundo, sentiu-se inteiramente traído. "Eu só queria que você cantasse para Telmah", pensou. Não lhe saía da cabeça que o passarinho havia tentado escapar. O que seria dele sem Tagarela? Caso o pássaro fugisse, Telmah nunca mais voltaria. "Agora ele vai ver! Agora ele vai ver!". Eugênio andou até a varanda, pegou a gaiola e ficou observando o Tagarela por um tempo, pulando leve de um lado para o outro, e piando bastante. Abriu a portinha e, delicadamente, tirou o bichinho de lá. Tagarela cantava sem parar, parecia sorrir. Segurou-o numa das mãos e, com a outra, acariciou o passarinho. Olhou bem nos olhos do bicho: "Lembra do que eu lhe disse, Tagarela?" e gritou: "Te-da-rei-o-muunnndo!".

         no céu.
        lá no alto,
       o passarinho
      e colocou
     Estendeu o braço

Tagarela fechou os olhos e, naquela escuridão, imaginou-se voando.

Queria sentir, pela primeira vez,
o vento sem grades,
queria ouvir o eco dos seus cantos pelos vales,
queria se encontrar com a passarinha
e contar tudo o que sabia sobre o amor,
queria cuidar da passarinha,
Queria viver a palavra

MUNDO

Eugênio apertou com a mão o passarinho, Tagarela arregalou os olhos, acordou do sonho. Eugênio fincou os dedos nos olhos do passarinho.

Cegou Tagarela e o largou de volta na gaiola.

Finalmente, Eugênio criou coragem, estava louco para vê-la, era a hora certa para chamá-la: cego, o passarinho cantaria mais e mais. Eufórico, cruzou a rua e bateu na porta. Chegou pálido e esbaforido. Telmah nem mesmo conseguiu dar um oi: "Venha, venha, você tem que ver!", e puxou Telmah pelo braço. Cruzaram a rua. E Eugênio, querendo dizer que a amava, falava, falava e falava, e contava a ela sobre a doença que atacara os olhos de Tagarela. Quando Telmah chegou à casa de Eugênio e viu o passarinho feito um fantasma, não acreditou em doença: o pássaro não se movia, mas cantava ainda mais bonito: voz a todo volume, o peito erguido. Não estava louca. Aquilo não era doença.

Duvidou de Eugênio. E Tagarela, preso naquela gaiola, pedia, e pedia e pedia para não ficar ali, e Telmah, tão ingênua, achava que ele estava cantando.

Após dois dias, Telmah invadiu a casa de Eugênio.

Eugênio implorou para que Telmah não levasse Tagarela. Agarrou-a pelo braço, mas ela foi mais forte. Eugênio ficou caído ao chão, aos berros, feito um passarinho que não sabe cantar.

Eugênio nunca mais os viu!

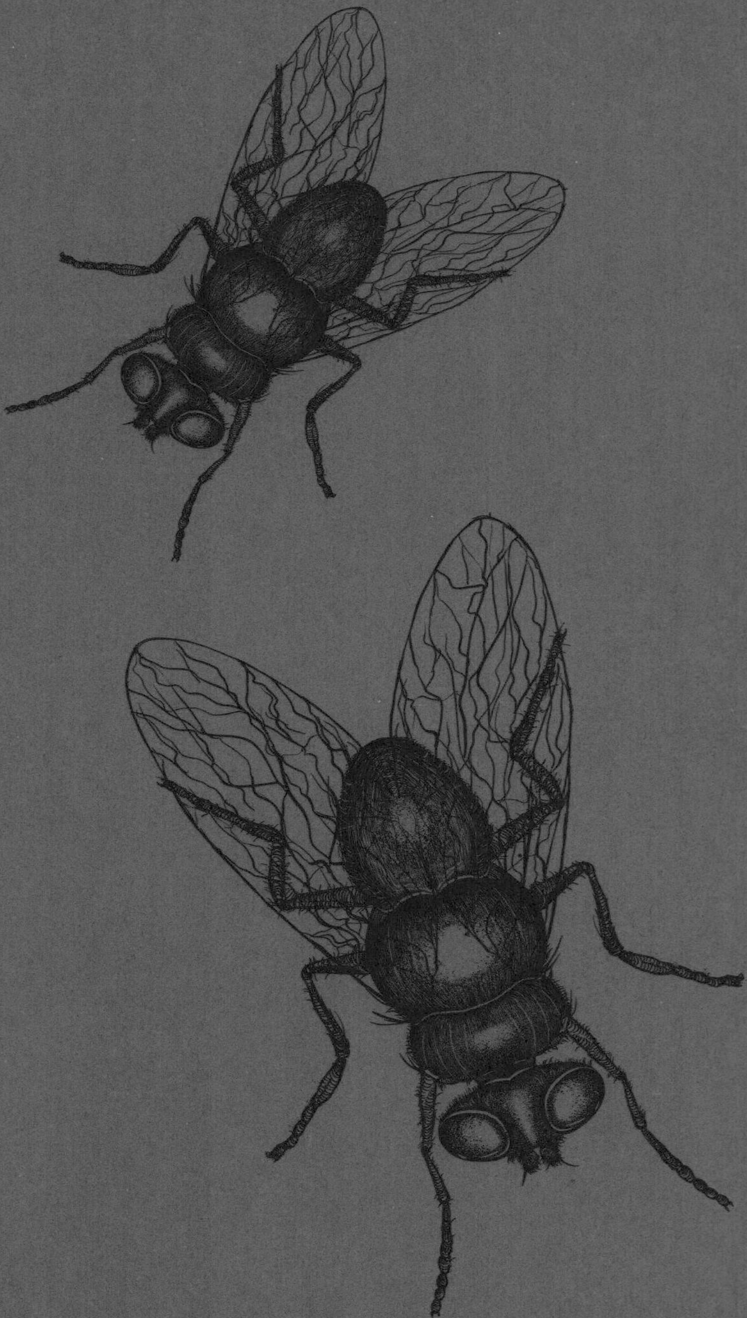

A CAÇA

– Bom dia!
– Bom dia!
– Como você está?
– Estou bem.
– Que bom que se sente melhor!
(...)

Eu não devia ter deixado a caixa de remédios em cima da mesa. Flávia viu. Pensei mil vezes antes de ir, mas ficar em casa tentando resolver os problemas das vendas, pensando em clientes, em estratégias para fechar negócios, ali parado, sentado em uma cadeira ou deitado na cama, também não me parecia cabível, produtivo. Eu precisava esfriar a cabeça para começar a semana bem, me sentindo vivo.

No que viu os remédios, Flávia ligou para seu pai perguntando se eles sairiam no fim de semana. Eu sabia, meu sogro, sedentário, saia aqui ou ali, nas bodegas buscando a jogatina e o papo com os amigos no fim de tarde de domingo, nada mais que isso, portanto, estava acertado, nós iríamos passar o fim de semana lá.

Enquanto Flávia, entretida, arrumava as malas para partirmos no outro dia, bem cedo, resolvi, às escondidas, ir até a farmácia da esquina: eu precisava garantir meu bem-estar, comprar alguns envelopes de remédio para a minha ansiedade, pois não seria fácil achar uma farmácia naquele fim de mundo. Em menos de meia hora, tudo estava no carro esperando o dia seguinte. Evitei os comprimidos à noite, dormi tranquilo. Havia posto, por precaução, a minha pasta de negócios debaixo do banco do carro.

Acordamos, tomamos café e saímos rumo à casa de meu sogro. Poucos metros antes de chegar ao destino, ouvi um estouro; no que freei, assustado, vi, como uma pedra, o pássaro cair. Moisés, meu cunhado, estava lá, agarrado à espingarda. Logo os cachorros começaram a latir, anunciando a nossa chegada.

eu levei os comprimidos no bolso saí com fome fiquei com medo talvez desse vontade de matar o homem mata por fome se minha mão começasse

a suar eu tomaria um remédio a seco lembro que
eu estava trêmulo talvez a fome Moisés falou
para fazermos silêncio cuidar os galhos secos as
vistas ao mesmo tempo em que podiam cegar
com os galhos de pessegueiros floridos o escuro
era grande queria só ir junto quando entramos
mata adentro por baixo dos pessegueiros floridos
eu atrás e Moisés na frente tive a sensação de
que alguém também me perseguia é engraçado
saímos no escuro para a caça e eu com meus
medos que Moisés por descuido se virasse e me
acertasse um tiro com seu rifle poderia acontecer
mas eu estava com medo dos galhos medo
de furar os olhos preocupado comigo depois
com os bichos se bem que não sentia vontade
de matar mas estava junto acho que senti pelo
menos uma vontade de achar um bicho assim
eu esquecia um pouco a empresa os que corriam
atrás de mim evitava me esconder deles assustado
com medo de que eles viessem eu não me sentia
mais um devedor caçando Moisés me disse que
os olhos dos bichos brilhavam com a luz da
lanterna fiquei com raiva dos mosquitos dei um
tapa no braço estava cheio de sangue passei na
calça para limpar iluminava primeiro um lado
depois o outro e íamos passando de coluna em
coluna dos pessegueiros fiquei em dúvida entre
avisar ou não caso eu visse isso bem no início
da nossa caminhada não tinha lua como ele

estava na frente segurava a lanterna encostada no cano da arma acho que dá até uma certa sustentação e emite o foco de luz justamente na mira além do que já deixa preparado para quando vem o bicho eu me preocupava em afastar os galhos para não me cortar não furar o olho imagino ficar no escuro para sempre é que nem morrer até que ouvimos um barulho poderia ser um bicho chegamos a trancar a respiração por alguns segundos olhamos para os dois lados e senti uma vontade muito grande de ver um bicho a lebre sei lá saber o que havia feito barulho mas não encontramos nada eu queria ouvir o barulho do rifle ele havia dito que era um tiro silencioso pedir que atirasse no nada seria até bobeira infantilidade até senti vontade de pedir que atirasse mas seria o cúmulo no bicho não ele atiraria será que faz menos barulho que uma 12 era bom que estivéssemos com uma arma quem sabe algum bicho maior nos atacasse e se a pilha da lanterna terminasse dá um medo muito grande mas depois de certo tempo eu queria ver uma lebre que fosse estava curioso em saber que barulho o rifle fazia pra quem ouve a impressora imprimindo contratos cheguei a esquecer dos meus clientes eu não lembrei nem sequer um minuto deles venda caso pensasse em vendas naquela escuridão pensaria que estaria com os olhos tapados certa hora pensei em olhar para trás mas evitei não havia lua melhor não eu seguia os passos de Moisés sua ambição em pegar o bicho parecia maior do que a luz que iluminava maior do que o campo em que pisávamos ia além da luz estava na escuridão andamos muito pelo meio do mato pela estrada de chão estávamos suados quando eu suei pensei que era a ansiedade mas Moisés disse que também estava suado daí fiquei mais tranquilo tinha medo que os comprimidos caíssem do bolso acendi um cigarro que havia posto na mala às escondidas quando viu a claridade olhou pra trás fazia frio mas eu suava arregacei as mangas não quis um gole de uísque da garrafinha dele eu estava com a camisa grudando no corpo barulho no mato barulho no mato barulho no mato respiração trancamos a respiração encontramos um animal os olhos brilharam finalmente os olhos brilharam mas não era uma lebre e sim uma raposa não senti o coração bater fiquei com medo mas depois achei que seria melhor não ouvi-lo bater ouvi-lo bater forte acho que eu estava bem fiquei em silêncio por duas coisas primeiro não queria assustar o bicho e segundo queria ouvir o som do rifle ficou parada não conseguia se mover sentiu que ia morrer vou testar a mira falou eu fiquei olhando para o bicho ouvi o estouro e o bicho caindo de lado acho que existe uma diferença de som uma bala que acerta o bicho mais abafado o som da bala que erra a mira se perde no ar e o som da bala que erra o bicho e acerta a terra batida levantando poeira o rifle não fez muito barulho eu não sabia que o cheiro de pólvora era tão bom fechei os olhos para sentir parecia perfume Moisés olhou e depois deu uma risadinha para mim ele engatilhou eu fiquei paralisado ouvi meu coração bater mas não podia me mover queria pegar um comprimido no bolso mas não podia me mover mais uma vez fiquei com medo de morrer a cabeça sempre fica pensando que pode acontecer daqui um pouco nem foi ver o bicho só queria testar a mira da arma eu disse a ele se fosse uma lebre ou outra caça iria ajuntar eu teria que pegar o bicho pelas patas traseiras sentir a sua pele não sei me dá arrepios mas eu teria que fazer naquela hora e se escorresse um pouco de sangue na minha mão a pele úmida de sangue eu preferiria morrer mas enfim eu fui caçar quem sabe eu mancharia a minha calça mas eu estava me sentindo tão bem eu não estava sentindo os calafrios as mãos suadas esqueci das contas a pagar cheguei a rir eu estava à vontade verifiquei o pulso um animal ferido sangra muito deixou uma trilha de sangue pelo chão sujou os cascalhos um peso morto pesa mais o corpo fica frio e continuamos caçando quando as moscas começaram a nos seguir

caminhando sobre os ferimentos dos bichos já era hora tarde de ir o sangue já estava frio no final das contas feita a contagem dos animais acabamos pegando três lebres as três com tiros na cabeça as três ele ouviu correndo as patas a corrida foi ouvida cansados voltamos pra casa voltei ajudando ele levando o rifle os cartuchos e segurando a lanterna eu não queria atirar voltei olhando olhando olhando mais experiente mais atento que antes olhando não tinha nenhum bicho na volta mas eu não queria atirar eu não queria atirar eu não queria atirar

— Sim, me sinto bem, doutor! Acho que preciso sair mais de casa, esquecer um pouco os clientes, os negócios, o trabalho. Esfriar a cabeça. Tenho me divertido nos finais de semana.
(O médico pega o medidor de pressão)
— Vamos ver... *(mede)* Sua pressão está boa! Ainda sente calafrios nas mãos?
— Não. Já faz tempo que não sinto. Estou tentando me controlar.
— Tem fumado? *(O médico faz anotações)*
— Estou parando!
— Certo. Vou lhe receitar um remédio um pouco mais fraco do que aquele que você estava tomando. Quando sentir o coração acelerado ou as mãos suadas, tome, ele vai te acalmar. Tome

sempre que sentir ansiedade. *(Prescreve a receita)* Mas me diga: tem relaxado nos finais de semana? É muito bom ter um fim de semana agradável, isso resulta numa ótima semana também.

– Sim. Estou fazendo coisas mais familiares. Visitei meu sogro e sogra no fim de semana. Programa em família: jogar carta, pescar, conversar, dar risadas, ver sobrinhos... Sabe, essas coisas.

– É isso mesmo! Você deve esfriar a cabeça. Esquecer um pouco o trabalho, se sentir bem, vivo. Esse é o segredo. *(O médico levanta-se da cadeira e cumprimenta o paciente)* Boa semana!

– Obrigado.

– Passe e marque pra daqui um mês com a secretária.

– Certo, doutor. Obrigado.

(Afrânio vai em direção da porta e, quando põe a mão na maçaneta, o doutor chama-o)

– Afrânio?

– Sim, doutor.

– Não se esqueça do que eu lhe disse ainda na primeira consulta:

"VOCÊ DEVE SE SENTIR VIVO!"

JOÃO, O PEIXE

A vila de pescadores conhecia cada nome, apelido e história de vida daqueles que tocavam nela, a história de cada barco morto pelo tempo e sepultado na areia, a história de cada mulher à espera do seu amor, hipnotizada pelo fechar das pálpebras do mar: as ondas. Portanto, qualquer desconhecido que chegasse, modificaria a fotografia vista por seus olhos.

Do mercado de peixes, as almas e olhos dos mercadores da região fisgaram Calado, um barco a vela semitoldo com cobertura de lona. Não chegava com peixe ou mesmo linhas de pesca, só uma rede estendida, destinada não ao peixe, mas para o homem morrer de tanto descansar. E, maestrando o mastro, o Desconhecido regia.

Na proa, ele içou o corpo para avistar a terra, encontrando um mar de gente desconhecida.

Sentiu: era preciso navegar noutros males. Já em prumo e com o vento batendo nas costas, o que era bom sinal, pisou na ponte de madeira e foi a caminho do comércio. Chegou manso. O dono da venda, no que via a sombra de um homem bater na porta, ordenava que a mulher fosse ensacar produtos numa salinha que ficava nos fundos, rever o estoque e até mesmo a liberava do trabalho, dizendo notar que estava cansada. Não demorou os 17 anos para ela perceber: no segundo ano já se convencia da estratégia do marido. Voltemos ao Desconhecido. Ao entrar na mercearia, produto novo, gerou cobiça por parte das poucas mulheres do lugar, todas rendeiras, jovens ainda. Espertamente, evitando desentendimentos, economizou palavras: *Farinha e açúcar, por favor! Quantos quilos, meu senhor?*, perguntou o dono. *Um quilo é o suficiente.* Ao empacotar as compras e entregar-lhe, o atendente resolveu dar-lhe as boas-vindas: *Seja bem-vindo, meu senhor!*, e estendeu a sua mão. O Desconhecido cumprimentou.

Ao voltar à embarcação, embora a prudência lhe tivesse tomado conta na ida, fazendo com que passasse o cadeado em suas heranças, sentiu-se invadido. Notou que o sol não secara a água. Passos não ficam somente na areia! Enquanto comprava as mercadorias, os tidos como espertalhões, por conhecerem o lugar, tiveram tempo de investigar sua morada. Analisando a pequena embarcação, relataram aos demais habitantes da vila que o teto, já cansado do sol, apresentava fissuras na tinta ressecada, e que, por isso, não era de ontem que barco e homem conheciam as águas.

Não tardou para o dono da mercearia noticiar a todos sobre a visita do recém-chegado. Disse que a mão do Desconhecido guardava mistérios, pois era seca, áspera, de negociador. Que o homem era seco no trato e daqueles que sabem o que querem. Alertou a todos que ter cuidado não faria mal a ninguém.

No outro dia, o Desconhecido recebeu a primeira visita. Mesmo tendo a vida toda para viver, o menino acordou cedo e foi até a embarcação para conhecer curiosidades. De alma leve, subiu no barco, que não se moveu. Enfiou a cabeça na porta que dava para o cobertinho da embarcação e perguntou o que o homem estava fazendo. O Desconhecido tomou um susto, a ponto de quase perder a medida, e soltou palavras risonhas: *Estou aprendendo a curar tristezas, meu filho. Aprendendo a curar tristezas,* e continuou medindo a farinha e o açúcar em uma pequena balança para saciar a fome da manhã.

Verdade é que, depois disso, tudo começou. Por desentendimento, travessura ou imaginação, o menino, já conhecido na região, resolveu sair correndo e dizer a todos que aquele homem teria a fórmula para a felicidade, um pó mágico que trazia alegria para o resto da vida e que o viu fazendo "a poção" na balança. Tão rápido a conversa correu, que logo, na aldeia, organizaram uma espécie de assembleia para discutir o caso: *Ele não parece homem de bem com a vida!*, disse um deles. *Mas por que ele não tomou?*, retrucou o outro. *Está disfarçando a alegria!*, opinou um dos mais desconfiados.

Naquele mesmo dia, o Desconhecido estendeu a rede e tomou seu café da manhã ali mesmo, deitado: pão e café. Os que o viram descansando, de pernas pro ar, disseram que tinha os calcanhares rachados, coisa de quem não tem uma fêmea. Acusaram-no: *Um homem sem mulher, sem passado e sem raiz. Como pode ser alegre?* Disseram também que a pele era escamada: *Pele de quem não conhece o céu aberto, sem teto, sem nuvens.*

Anoiteceu. Foi quando o Desconhecido, já deitado na cama, quase fechando os olhos, sentiu o barco balançar. Não era uma alma leve que pisava em sua "ilha". Não era o menino. Manteve a luz apagada e levantou mais silencioso que a própria noite. Primeiro viu um vulto passar em uma pequena janelinha imunda que servia para pouco, mas tão útil naquela hora. Eles queriam sentir um perfume que fosse, um cheiro que acusasse a fórmula para a poção, mas não sentiram nada. Depois, ouviu alguém subindo pelos pneus presos na lateral do barco. Eram dois homens. Seguindo com os olhos, percebeu que estavam quase em frente à porta. Procurou uma fresta na madeira para ver e ouvir bem mais que um filete de coisa: saber a intenção deles. Não quis arriscar a pele: no escuro, passou a mão em uma caneca e jogou-a no chão, esperou um pouco e ligou a luz. Avisou que estava ali. Só ouviu o barulho das águas.

Ficou boa parte da noite tentando descobrir o que aqueles dois homens queriam. Ele apenas conseguiu ouvir algumas palavras soltas: *cuida, o barco, receita, balança* e alguns sussurros. Adormeceu.

Na manhã seguinte, acordou com uma voz dizendo: *três...*, passavam alguns minutos, *quatro... cincooooooo,* e alguns risos. Abriu a porta: o menino jogava pedras no rio e contava os pulinhos. Chamou-o acenando:

Menino, vem cá! Foi correndo. *Bom dia, doutor! Bom dia! Está com fome, quer tomar um café? Claro. Entra.* Entrou espiando de cima a baixo. Era um espaço mínimo, com um fogareiro, uma mesinha e uma cama. Na parede, algumas redes de pesca penduradas, além de garrafas nas prateleiras e quinquilharias pra todo o lado. Viu que o menino procurava algo. *Que foi? Tu não fez os remédios hoje? Que remédios? Aqueles que curam tristezas!* O Desconhecido riu: *Hoje não! Cadê a balança?*, perguntou o menino. *Ela está guardada.* Preparou o café e o pão e serviu ao garoto: *Está bom? Muito bom,* respondeu mastigante. *Você gosta daqui, da vila de pescadores?*, investigava o Desconhecido. *Gosto muito!* E o menino, em tom de confissão, disse ao Desconhecido: *Sabe, contei a todo mundo da aldeia que o senhor cura tristezas.* O Desconhecido arregalou os olhos: *Como?*, e ficou esperando a resposta. *Eu disse a todos que o senhor cura tristezas. E o que eles disseram? Deram risada. Mas quando eu disse que te vi fazendo os remédios na balança, fizeram mil e uma perguntas. Te chamei até de doutor: "O doutor do barco".*

Após o café com o menino, resolveu ir à venda investigar. Pediu o mesmo que da primeira vez: açúcar e farinha. No entanto, na ida, bem próximo do estabelecimento, uma coisa chamou a sua atenção: mesmo com o tempo fechado, duas mudas de roupa estavam estendidas na frente de duas casas, uma em cada. Dizendo estar à procura de um quarto para uns poucos dias, perguntou ao dono do armazém quem morava nas casas e ficou sabendo os nomes: Janamor, um pescador, e Passarinho, um dos melhores calafates da beira do rio, homem que faz vedação em frestas de barcos para não afundarem. Não podia fazer muitas perguntas, portanto, se despediu e foi-se embora com as compras. O Desconhecido mal pisou na rua, e o dono do comércio já foi avisar Janamor e Passarinho sobre as pretensões do homem. Disse que ele pretendia partir logo, em dois ou três dias. Tinham que ser rápidos. Resolveram juntar cinco ou seis homens e tramaram contra o Desconhecido. Na primeira noite, não puderam avançar, pois as luzes de Calado ficaram acesas, e também pelo fato de o Desconhecido entrar e sair de seu toldo, a madrugada inteira, para verificar uma linha que havia esticado para fisgar comida. Verdade é que, engenhosamente, o homem ficou toda a noite produzindo pílulas. E não foi diferente no dia seguinte.

A par das conversas em terra firme, e já com as pílulas em mãos, bateu à porta da primeira casa. Conheceu o vulto daquela noite no barco, o dito Janamor. Combinou com o homem que, no dia seguinte, ficaria em estadia na casa. Janamor comentou que o local era muito procurado por pescadores, e, como tinha poucos quartos, precisava de uma garantia: *Você deve ter algo a me oferecer.*

A única coisa que tenho são os meus remédios, sem eles não consigo ficar. São a garantia de que voltarei. Volto e os pego. Como moeda de troca pela estadia, dou parte da pesca do dia, vai servir para alimentar todos da pensão. Se não for o suficiente, me encarrego de sair.

E Janamor não perdeu tempo e perguntou para que serviam os remédios, já que o "amigo" não conseguia ficar sem.

Pras costas, meu amigo. Às vezes parece que a gente carrega as dores do mundo, Janamor. Riu. *Já puxei muita rede!* E deixou uma boa quantidade de pílulas para Janamor.

Estava combinado, no dia seguinte se hospedaria na pensão. Voltou à embarcação.

Tarde da noite, avistou do seu barco alguns lampiões, lá longe. Já imaginava o que as tais pílulas tinham causado na cabeça daquelas pessoas. Sim, a sua moeda de troca já havia sido gasta por Janamor. Era uma grande festa sendo armada em comemoração à felicidade pelo resto de suas vidas, afinal, as pílulas agora eram deles. E elas foram todas distribuídas por Janamor, que, enquanto servia o povo, recebia abraços e beijos; houve até quem se ajoelhasse para beijar os seus pés, chamando-o de santo. No entanto, Janamor mantinha-se prudente, sabendo que o motivo da festa não poderia vazar, ou seja, chegar aos ouvidos do Desconhecido. Aquele silêncio que tomou conta da vila de pescadores dantes, como o inferno em sonhos, triste, mas sem o som do choro, se transformou em música, bebida e comilança. Um pai e um filho se reconciliaram depois que o patriarca ofereceu sua pílula à cria, como gesto de carinho. As rixas foram esquecidas. Até mesmo o homem que teve peixes roubados pelo Caçapa, ladrãozinho barato da vila de pescadores, perdoou a malandragem e foi aplaudido por todos. Não faltaram momentos engraçados, como, por exemplo, quando o Biruta e o Lelé discursaram e, pela primeira vez, foram levados a sério. Biruta passava dias e dias caminhando pela vila carregando em mãos um tridente, insistindo em dizer que era um tal de Poseidon. Causava medo às vezes. Não sabiam de onde ele havia tirado aquele nome. Lelé chamava-o de louco. Daquele dia em diante todos iriam lhe chamar Poseidon, já que aquilo o fazia feliz. Janamor, mais contido que os demais, dispensando alegrias momentâneas, junto a uma comitiva de cinco ou seis homens, pensou em formas de como manter a felicidade. Era preciso saber sobre a fórmula, ter a receita, possuir aquelas pílulas não bastava, já que não se sabia até quando fariam efeito. Certa hora da madrugada, do barco, o Desconhecido ouviu algumas risadas misturadas com gritos (confusão de almas) e, depois de um tempo, tudo silenciou repentinamente. Era preciso dar um tempo, esperar amanhecer para saber o porquê da festa e o que havia acontecido nela.

  Naquela noite, o Desconhecido não pregou os olhos, e, já com o sol a pino, resolveu ir saber o que havia acontecido. Foi até o armazém e, como ainda estava fechado, decidiu bater numa janelinha. Aguardou, até que a mulher do dono apareceu. Vinha com os olhos vermelhos, e antes que fosse perguntada sobre onde estava seu marido, já foi contando ao Desconhecido que ele havia fugido durante a festa do dia anterior. E mais que isso: *Ele dava gargalhadas e dizia que ia buscar a sorte em outro lugar.* Antes de fechar a janela, ainda disse: *Ele vai voltar! Ele vai voltar! Meu Deus! Parecia rir como o demônio! Não era ele! Não era ele!,* e olhou para o céu. Mas no que puxou a janela, refletiu no vidro, como num instante, num piscar de olhos, o reflexo da alma: um sorriso. Um sorriso tão breve que depois se guardou escondido dentro daquela casa, mas também, talvez, o mais longo sorriso dado até então.

Na volta, Janamor, escorado na porta de sua casa, esperava o Desconhecido. *Bom dia, companheiro! Bom dia! Vejo que vem dos lados da venda. Penso que já sabe o que aconteceu. Sei, sim. Um ato impensado, Janamor, um ato impensado.* Janamor recuou, acreditando que se tratava do uso das pílulas: *Mas os seus remédios estão aqui em casa, ainda estão comigo.* Disfarçando, igual desentendido, o Desconhecido respondeu: *Como?* Janamor, percebendo a confusão provocada por ele mesmo, retomou a conversa, aliviado: *Sim, devemos pensar bem nessa hora.* E os dois trocaram uma conversa sobre o dono da venda e a sua mulher: *Creio que os negócios tenham atrapalhado o casal. Concordo. Trabalhar no mesmo lugar, todos os dias juntos naquela venda. Falar de negócio, de dinheiro, numa mesma casa, nem sempre dá certo. Mas a vida segue. Claro,* respondeu o Desconhecido. E Janamor aproveitou a situação para "interrogá-lo": *Já que tocamos no assunto dos remédios, eu gostaria de saber como o senhor consegue, com o balanço das águas, deixar a balança em prumo e ter a fórmula perfeita? Como sabe que tenho uma balança?*, retrucou o Desconhecido. O outro, gaguejante, deu uma resposta curta, que, no entanto, se suas pausas fossem de alguma forma escritas, preencheriam meia lauda: *Não sei, imaginei. Penso que é preciso, né, meu senhor?! Bem, Janamor, se quer mesmo saber, eu digo. Faço justiça! Deixo tudo em equilíbrio, dou medidas justas, esta é a verdade. Mas, agora, sobre os ingredientes, posso dizer que são muitos e que não guardo todos dentro de mim.* E já ia caminhando de volta para o barco quando Janamor disse: *Temos que adiar sua vinda.* O Desconhecido se virou para ouvir, mostrando uma cara de estranhamento. Janamor prosseguiu: *Eu ia quase esquecendo. Como o quarto que reservei pra você não vai vagar porque o rapaz acabou não conseguindo barco pra sair hoje à noite, tenho que segurar ele mais um dia. Infelizmente tu tem que vir amanhã. Penso que um dia a mais um dia a menos no barco não é problema pro senhor.* Janamor queria ganhar tempo para agir e conseguir a receita. Por ter gasto a moeda de troca não conseguiria devolvê-la, como o combinado, então propôs o que lhe pareceu melhor. Precisava pensar, era sua felicidade que estava em jogo. Já o Desconhecido, sem mais porquês, não quis questionar e despediu-se dizendo que voltaria no dia seguinte.

Escureceu mais uma vez, e Janamor, Passarinho e Januário, também pescador da vila, mais dois homens, resolveram sair à caça do Desconhecido e da receita. Ficaram cerca de duas horas observando o barco, dois à distância e os outros três enfronhados nas laterais. Subiram cuidadosamente na embarcação. Januário e Passarinho ficaram pendurados nos pneus que contornavam o barco e Janamor observava pela janelinha imunda. Ao lado da balança, o Desconhecido escrevia no papel. Atento e paciente, Janamor esperou ele terminar as anotações. Viu-o ainda guardar o papel no bolso da camisa. Que estupidez! Guardar algo tão importante assim, no bolso de uma camisa velha, pensou. Ficaram mais alguns minutos em silêncio. Era hora de agir. Fez sinal para que os dois que estavam mais longe vigiassem as redondezas. Um de cada lado e outro na proa, nivelaram a maldade. Estouraram a tranca acordando o homem, que estava deitado em sua cama. Passarinho e Januário pularam em cima do Desconhecido, trocaram chutes e socos. Quatro mãos lutavam, covardemente, contra duas. Enquanto isso, Janamor vasculhava o interior do barco. Em cima da mesinha, viu a balança e, ao lado, dois saquinhos. Molhou o dedo e provou: era apenas farinha e açúcar. Correu até o Desconhecido e pegou firme no pescoço, como quem pesca e não quer que o bicho se vá para a água de novo: *Que diabos é aquilo? Farinha e açúcar,* respondeu. Num desatar, o Desconhecido conseguiu fugir para fora do toldo, mas não foi o suficiente. Golpeado com um remo, caiu escorado meio corpo dentro meio corpo fora do barco. Com o rosto refletido no espelho da água, conheceu a maldade dos outros. Viu que não havia mais tempo para corrigir as coisas.

Janamor virou o corpo do Desconhecido e encarou o quase morto. Buscou o bolso procurando a receita e tirou o bilhete com as anotações. Passarinho e Januário assistiam à cena. Leu em voz alta.

Me chamo João, e talvez o principal mal que fiz foi tentar fazer com que alguém acreditasse que a minha dor era maior que a de muitos. Sou, ou fui, médico e não pude salvar minha mulher de uma doença. Há pouco mais de dois anos a perdi e resolvi sair para conhecer alegrias. Estou aprendendo a curar tristezas. Tantas vezes quis dizer que...

(Janamor amassa o papel e joga na água)

Agora era impossível ouvi-lo. Janamor desvirou o corpo de João, que sangrava na cabeça e na boca. E uma lágrima caiu na água. Só depois de escorrer água dos olhos do quase morto puderam, então, perceber: ele não era um homem desértico. Janamor largou-o no rio como um peixe fisgado, machucado, como um peixe que depois aparece coberto de moscas, boiando por aí, de alma leve.

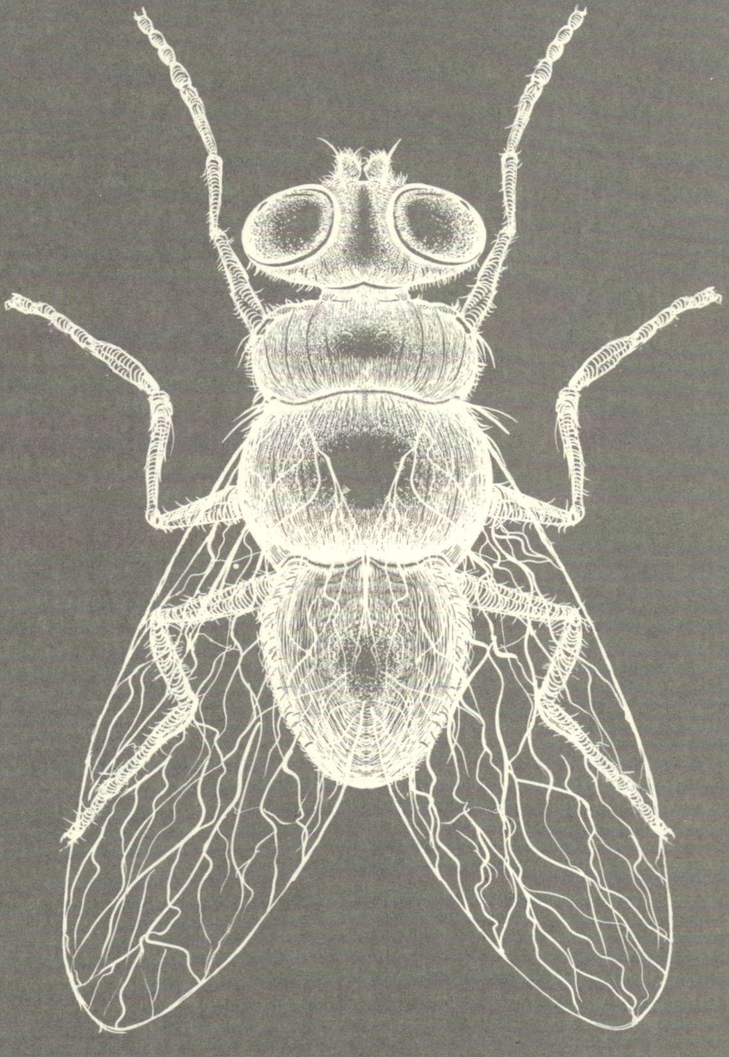

O SAL

Que roesse unhas até sangrar, mastigasse com a boca aberta ou com o maxilar roçando osso com osso, me irritasse ao palitar os dentes, pigarreasse por horas em meus ouvidos, mas não aquilo, aquilo eu não podia aceitar. Eu estava começando a sentir raiva dele e não das coisas que ele fazia!

Por vezes, comecei a pensar nos problemas de pressão alta que ele teria. Eu estava começando a ter piedade daquele homem, pena daquele desconhecido escroto. Eu não podia sentir isso, deveria me sobrar a raiva, e só: *Que morra esse diabo!*

Toda vez que o via estacionando o carro em frente ao restaurante tinha vontade de sumir de lá. Ele entrava sorrindo, o que me dava ainda mais nojo. Sentava sempre no mesmo lugar, bem na minha frente. Tentei, por vezes, ficar de costas, mas só de imaginar aquele gesto, ouvir aquele som, fervia o sangue, então preferia encará-lo. Ele largava os pratos na mesa e sentava, colocava o de salada no seu lado esquerdo e do lado direito o outro. Igualzinho. Era a hora em que eu ouvia aquele som repugnante:

e-le

ba-

ti-a

osa-lei-ro

nafa-ca

pa-ra que o sal

ú-mi-do

sa-íii-íii-íii-

sse

de

for-ma

mais

fá-

cil.

Apenas alguns segundos, mas longos na minha cabeça. Esse gesto, todos os dias, me irritava, me deixava louco, possuído, a ponto de pedir que a dona do restaurante retirasse todos os saleiros das mesas e deixasse apenas um maior no *buffet*. Disse-me que os clientes já estavam acostumados e satisfeitos com o atendimento.

Certa vez, pedi que aumentasse o volume da televisão para não ouvir aquele "bendito" som, ela ignorou. Tive que me segurar para não demonstrar aquela raiva de vê-lo bater o saleiro na faca para temperar a salada. A minha vontade era a de pular em seu pescoço.

Mas em um feriado em que algumas fábricas fecharam e as nossas trabalharam, eu não pude aguentar. Naquele silêncio, ouvi as batidas do saleiro na faca, dei um soco na mesa e gritei com uma raiva nunca antes sentida: *Que morra! Que morra!* Todos me olharam com os olhos arregalados. Disfarcei, fingi brigar com alguém pelo celular. Baixei a cabeça e fiquei observando tudo de canto de olho. Quando olhei para ele, se desculpava com o garçom que limpava a sua mesa: talvez uma mosca tenha incomodado, e ele errado o tapa, talvez meus berros... Virou o prato e esparramou a comida. Até mesmo aquela pequena infelicidade sentida por ele me fez feliz, tão bem! Ele passaria o dia inteiro com aquele cheiro insuportável de molho madeira na roupa. Não, não seria pelo resto da sua vida, eu sei, mas ao menos até o fim daquele dia. Por vergonha, ele teria que sentir vontade de se esconder dos outros, ficaria só. Todos deveriam olhar para ele com sentimento de pena. Ele deveria sentir que aquela mancha nunca mais sairia. Que aquela mancha nunca mais sairia. Confesso! Por vezes, desejei a sua morte. Ninguém poderia ser igual ao meu irmão.

O ENCOMENDADOR

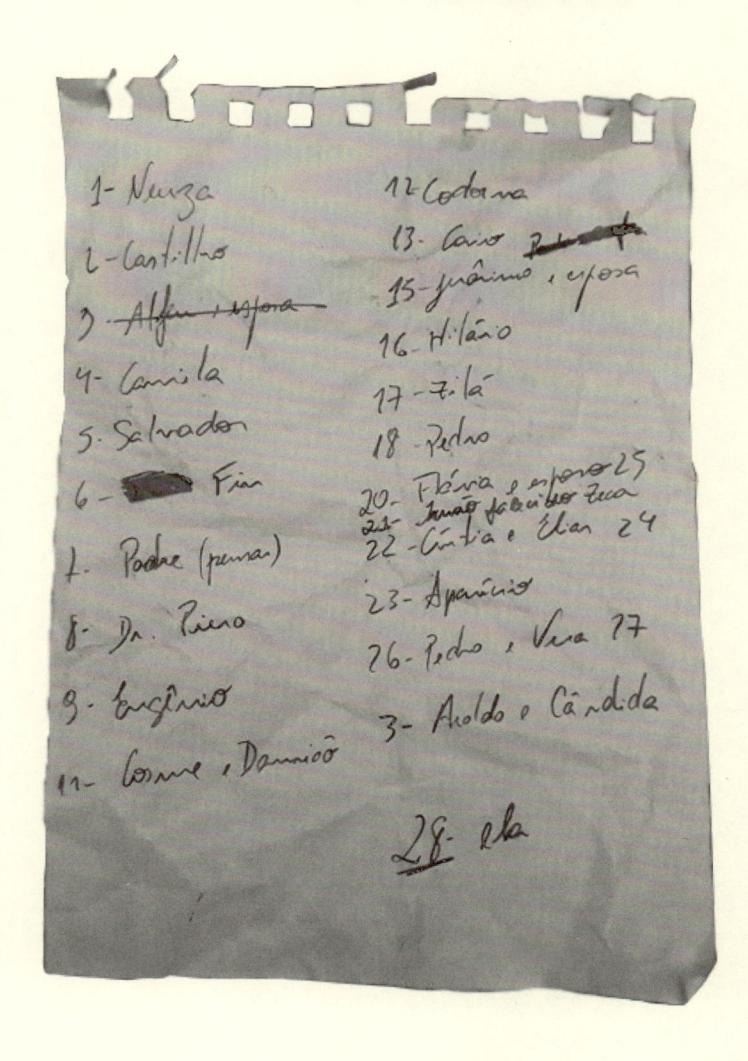

1- Neuza
2- Castilho
3- ~~Alfeu e esposa~~
4- Camila
5- Salvador
6- ~~■■~~ Fim
7- Padre (pensar)
8- Dr. Piero
9- Eugênio
11- Cosme e Damião

12- Cardana
13- Caio ~~■■■~~
15- Jerônimo e esposa
16- Hilário
17- Zilá
18- Pedro
20- Flávia e esposo 25
21- ~~Juan~~ ~~Joaquim Zeca~~
22- Cíntia e Elian 24
23- Aparício
26- Pedro e Vera 27
3- Aroldo e Cândida

28- ela

Neuza entrou curiosa na *firmeta*:
– Jacinto!?
– Sim...
– Tudo bem?
– Tudo ótimo!
– Parecia ter ouvido a voz de uma...! *(Olha para os lados. Silêncio)*
– Sim... Eu estava aqui e...
– Você vai trabalhar até mais tarde? – ao marido.
Jacinto, concentrado, pondo uma madeira em cima da bancada:
– Sim, acabei de receber uma encomenda e preciso entregar em poucos dias.
– De quem?
– Uma moça da cidade!
– Tá bem!... Não ouvi nenhum carro ou vivente chegando ou saindo daqui da carpintaria!
Ele fechou a cara e respondeu:
– Você não sabe? Esses carros novos quase não fazem barulho de motor!
A *firmeta* não ia bem, prestes a entrar em concordata, portanto, ao ouvi-lo, abriu um sorriso e, ao mesmo tempo, demonstrou estranheza:
– Que encomenda? – o marido fingiu não ouvir – Que encomen...
– Vinte e oito cadeiras! – disse, cortante.
Imediatamente começou a serrar as tábuas, calando a mulher. Eram tábuas de demolição. Mais tarde, em casa, ela desabou a chorar.

No outro dia, a fim de "tocar" o projeto, Jacinto acordou cedo e foi direto à *firmeta*, que fazia chão ao lado de sua casa. Tudo deveria ser bem pensado.

Enquanto lixava as pernas das cadeiras, recordou-se do áspero Castilho, que lhe empurrou um cheque sem fundo. Até pensou em deixar o serviço de lado e ir cobrá-lo, dependia daquele dinheiro, achou melhor continuar trabalhando na encomenda. Ao marcar o lugar certo, o lugar exato para o corte da madeira, lembrou-se de sua sobrinha, Camila, que há poucos dias havia viajado para a capital em busca de seu sonho: ele sabia, a cidade havia ficado pequena para ela.

"Quando se sente um aperto no coração, nada mais é do que os sentimentos estendendo a alma."

O cheiro de café entra antes dela:

– Aceita? – Jacinto agradece.

Mansa, mas ganhando coragem, a mulher continuou:

– Sabe, Jacinto..., não consegui dormir esta noite. A encomenda... 28 cadeiras? Eu acho que...

Bateu forte com o martelo num prego!

– Pode deixar aí o café, eu tomo mais tarde. Obrigado!

A caminho de casa, Neuza foi pensando se havia feito confusão na cabeça, mas não, não tinha visto ninguém na *firmeta* a fim de fazer pedido de cadeiras. Resolveu perdoar as atitudes do marido, pois sabia que ele estava passando por uma situação difícil, já que outras duas marcenarias da região haviam fechado há pouco tempo por causa de uma crise financeira.

Jacinto continuou seu trabalho. Primeiro, fez a furação para o encaixe do encosto: prendeu as peças na morsa, pegou a furadeira e pôs-se a furá-las. Para isso, necessitava força e delicadeza ao mesmo tempo: "É a parte mais difícil em todo o processo de fabricação de uma cadeira", dizia, no entanto fazia com maestria. "É isto que dá a sustentação." Aprendeu a técnica ainda criança, quando ficava grudado ao pai, espiando curiosidades e construindo conhecimento dentro de si. Lembrou-se do pai: jorrava serragem no chão. Por fim, pôs a cola, encaixou as partes e, esperando ela secar, foi para casa. Já era noite, tinha só mais um dia para deixar a encomenda pronta.

No dia seguinte, bem cedo, enquanto apertava os parafusos dos assentos, chegou a rir alto quando se lembrou do Codorna, uma espécie de "amigo de todos": boa gente. Pois é, pegaram-no quando criança soltando codornas do telhado de casa e gritando "voa, voa". As cidades pequenas e as pessoas pequenas não poupam a grande imaginação.

Quando começou a pregar as tábuas para reforçar os assentos, a mulher chegou. Trazia, novamente, café. – Amanhã entrego as cadeiras – disse ele. Ela abriu um sorriso curto:

— Quem fez o pedido vai pagar? Cuidado, Jacinto, lembra do cheque do Castilho?
— Lembro, sim! — respondeu.
— Vou levar as 28 cadeiras até o salão da comunidade. É uma exigência que eu entregue lá; daí eu cobro.

Ela ia saindo quando Jacinto lembrou:
— Neuza?! Fico trabalhando até mais tarde hoje. Eu tenho ainda que fazer alguns acabamentos, talhar a madeira.

Ela saiu.

Durante a tarde, fez a pintura das cadeiras. Já escuro, enquanto secavam, quis conferir as medidas. Pensou sobre as distâncias que ficariam e o vazio que deixaria: estava tudo conforme havia planejado. Conferiu as medidas das 28 cadeiras: do chão até o assento, 46 centímetros, profundidade de 39 e altura de 98. Enquanto talhava, fazendo os acabamentos, lembrou-se ainda de Caio, do dono do armazém, do engraçado Hilário e tantos outros. Feitos os acabamentos, ou seja, talhados os nomes na parte de baixo dos assentos, finalmente deixou prontas as 28 cadeiras. Organizou as ferramentas, limpou a bancada e desligou as luzes. De tudo isso, ficou somente o pó, os restos mortos na terra batida. Foi para casa. Queria apenas deitar e descansar.

Na manhã da entrega, ao ouvir a camioneta partir, Neuza levantou e resolveu seguir o marido: queria saber sobre o pagamento. Como havia somente uma rua por onde ir, foi em frente. Quando avistou a torre da igreja pôde ver também a camioneta de Jacinto com todas as 28 cadeiras empilhadas. Quem sabe a encomenda serviria ao padre, pensou, e aquela história da mulher ter feito a encomenda poderia ser apenas conversa do marido. Talvez ao dono do boteco, que dava uns 20 passos da igreja, seu Fin, como era chamado – feliz quando morre gente importante ou conhecida de todos: lucro certo! Quem sabe o marido estacionara ali para cobrar o tal cheque que Castilho, jogado na mesa do bar, lhe devia. A bem da verdade, ela não se aproximou mais que cinco ou seis metros e, ao lado do muro da igreja, viu um amontoado de pessoas. Custou a Neuza acreditar quem era o encomendador. Não importa aqui contar de que forma o corpo perdeu a alma, mas apenas dizer que Jacinto agiu com as suas próprias mãos: deu cabo da vida. No bolso do casaco, guardava uma lista com vinte e oito nomes e um porquê: rascunho daqueles nomes que talhou embaixo das cadeiras. No outro dia, o salão foi aberto, e somente entraram e sentaram nas cadeiras, a pedido do morto, Neuza, outros 26 convidados e ela, desconhecida ali, bem ao fundo, chorando mais que todos.

SUJEITOS E ASSUJEITADOS

Pedro acordou e viu em cima da pia da cozinha o pote de sorvete de passas ao rum, o sabor que Vera mais gostava. Já estava lá, vazio, há dois dias. Como se tivesse esquecido de pôr o pote no lixo, queria que ela visse e lembrasse do pequeno agrado. Há tempos não conseguia lhe comprar um presente decente. Foi lavar o rosto no banheiro e aproveitou para guardar a pasta de dente que havia ficado na pia. Espremeu o tubo de creme dental para que a pasta ficasse toda no bico. Recolheu uma toalha de mão imunda e jogou no cesto de roupa. Voltou à cozinha. Abriu a geladeira para pegar a margarina e deu de cara com um potinho cheio de beterraba ralada: ele odiava. Preferia cortada em fatias, rodelas. Brigaram por causa disso há três dias. Ralada trancava na garganta, por conta do pigarro do cigarro. O café ficou pronto. Na cozinha, era somente ele e o som da geladeira. Vera estava ainda deitada: começa mais tarde no serviço.

Pedro viu as lixas de unhas jogadas no balcão e lembrou-se que, no dia anterior, uma das unhas da esposa quebrou: ela reclamou que estavam por fazer. Pensando, roeu as suas. A mulher queria sentir-se feminina, mas o dinheiro não dava. Apanhou a conta de telefone que estava jogada no chão, resolveu esconder em uma gaveta entulhada de coisas desvividas: uma correntinha de pescoço que imitava ouro, um relógio com uma pulseira estourada há tempos, dois anjinhos de porcelana que enfeitariam o quarto do bebê, um batom velho que escondeu de Vera – achava que ela não ficava bem –, o pedaço de cima de uma caixa de remédio para ansiedade que mostrava o nome – esse ele nunca comprou – e um lubrificador íntimo pela metade; pegou o pote na mão e pensou em fazer uma surpresa, deixar em cima do bidê da esposa, mas acabou guardando novamente na gaveta. Ouviu o vizinho martelar. Construía, ao lado da piscina, um deck para o verão. Fechou o vidro para que Vera não ouvisse o barulho da construção. Achava que não conseguiriam ir à praia no fim de ano!

Antes de sair, pegou o boleto do plano de saúde. Parou de fumar há pouco tempo. Engordou bastante. Preocupava-se com os triglicerídeos. Só exames de rotina.

Deu um beijo em Vera e saiu. Passou pela banca de revistas e comprou o jornal. Por sorte, desviou do rapaz que vende assinaturas. Dias atrás, cancelou o jornal dizendo que ele vinha mais fino, com menos páginas: pura desculpa. E ainda ironizou: "Quem sabe o mundo tenha melhorado".

Ligou imediatamente para Vera avisando que sim, o anúncio já havia sido publicado. Mesmo ao telefone, queria arrancar um sorriso dela, afinal, ele havia "bolado" e ido atrás pra conseguir anunciar o apartamento ainda na quarta-feira, dia dos classificados. Estenderam a conversa por um minuto. Tiveram que achar o que dizer. Desligaram. Contentou-se: "É cedo! Ela deve estar ainda dormindo".

(Pedro recebe o primeiro telefonema)
– Olá.
– Olá.
– É o senhor Pedro?
– Sim, é ele mesmo!
– Eu vi o anúncio do seu apartamento. É por imobiliária?
– Não.
– Ah, bom! Melhor. Eu gostaria de ver o apartamento no fim de tarde.
– Certo, sem problemas.
– É aquele valor mesmo?
– Sim. Barato, né?
(pausa)

– Mais condomínio?
– Isso. Mais condomínio. Mas é baixo: 180 ou 200 por mês.
– Tem como baixar?
– Olha... vou ver com a minha esposa, mas tu sabe como é, ...ontem mesmo falei com ela. Dois, três já me ligaram porque o preço tá bom; inclusive um vai ver amanhã, então... tu sabe como é... Mas vamos lá ver antes, pelo apartamento, vale!
– Sei! Tá bom! Às 5h?
– Ok.
– Até.
– Ei, ei! Espera!
– Sim.
– Qual o seu nome?
– Elias!
– Elias? *(pensativo)* Mas você vai, né?
– Sim, claro.
– Tá certo, Elias. Até!
– Até.

(Pedro e Vera estão no carro. Pedro liga o rádio. Rock)

– Ai, baixa o som!

(Pedro baixa. Pausa)

– Por menos não dá, Pedro. Eu já te disse.
– MAS pensa, se não alugarmos será meio...

bem, seguro mais um mês! Tô negativo. E outra, o aluguel barato garante inquilino no imóvel por mais tempo. Senão já entra pensando em sair, fica pensando, procurando onde tem um mais barato.

– Sim, você tem razão. MAS... valor baixo atrai qualquer um.

– A gente concordou em anunciar neste valor, e por fora! Lembra?

– Sim, você tem razão. MAS... não custa a gente pensar sobre os valores. Vamos ver como eles são. Sabe que, por telefone, todo mundo é igual.

– É... TEM QUE VER.
(Pausa. Pedro ia aumentar o volume do rádio. Rock. Vera, cortante)

– Pagou o plano de saúde?
– Sim, hoje de manhã.
– MAS... sobrou pra faculdade?
– É... ACHO que sim. TENHO QUE VER.
(Passam por um anúncio publicitário)

– Na volta a gente pode passar no mercado, né, Pedro?

– É... ACHO que sim. PODE SER.
(Passam por outro anúncio publicitário)

– Vou pegar umas frutas também.
– PODE SER.
(trânsito)

– Tá com a chave do apê aí, né, Vera?
– Sim, tá aqui.
(Estacionam)

115

– Olha... Acho que são eles.
(Aproximam-se)

– Oi, tudo bem?
– Pedro?
– Isso mesmo!
– Elias. Prazer!
– Cíntia.
– Vera.
– Tudo bem?
– Tudo.
(pausa)
– Bem, vamos lá ver?

(No prédio, sobem pelo elevador sem trocarem uma só palavra. Todos se olham, disfarçadamente, de cima a baixo. Pedro abre a porta do apartamento. Enquanto os outros três conversam na sala, ele abre as janelas do quarto, da área de serviço e, por último, a do banheiro. Neste último, uma mosca voa em círculo sobre um cheiro insuportável que vem do ralo. Após ouvir as três vozes vindo em sua direção, puxa o jornal enrolado do bolso de trás da calça jeans e, num só golpe, dá um fim na mosca. Oculta: pisa em cima e esconde na sola do sapato. O cheiro aos poucos se dissipa, a tempo deles entrarem.)

Cíntia – Bonito!
Elias – Que posição solar?

Pedro – Leste-norte. Sol da manhã. Na verdade, todo dia.

Pedro e Vera
– Amor! E aí? [...] O que você acha?
– Calma!
Cíntia e Elias
– Amor! E aí? [...] O que você acha?
– Calma!

(Enquanto os outros três conversam na sala, ele fecha as janelas do quarto, da área de serviço e, por último, a do banheiro. Pedro fecha a porta do apartamento. Descem pelo elevador sem trocarem uma só palavra. Todos se olham, disfarçadamente, de cima a baixo. Despedem-se.)

Quando Elias e Cíntia deitaram, tudo já mais calmo, ela virou e revirou-se na cama. Ficou de lado para ele, que assistia ao futebol. Ela remexeu o corpo até, como sem querer, encostar seu pé gelado na perna dele. Entressono e entreamor, roçavam as pernas e pés. Cíntia recostou sua cabeça no peito do marido e acabou dormindo.

Uma notificação soou no celular. Com cuidado, pousou a face de Cíntia no travesseiro e pegou o telefone.

Numa mensagem cheia de agradecimentos, disse que tudo havia se acabado e que eles dois não alugariam mais o apartamento. Pediu que o casal compreendesse. Elias pensou: como pode, durante a tarde, os dois estarem juntos, de mãos dadas, planejando o futuro, e, à noite, separados? Elias ficou olhando para o teto. Baixou o volume na hora do gol do seu time para não acordar a mulher. Nem sequer vibrou. Desligou a TV e a luz. Ficou no escuro. Não sabia como explicar para a esposa no outro dia que tudo havia dado errado. Foi dormir sem saber o resultado. Com medo do que podia acontecer com eles dois, pegou na mão de Cíntia. Acariciava, mas não sabia se a esposa sentia ou estava dormindo. Às vezes, parecia que acariciava em vão. Talvez ela fingisse estar dormindo.

Quando Pedro e Vera deitaram, tudo já mais calmo, ela virou e revirou-se na cama. Ficou de lado para ele, que assistia ao futebol. Ela remexeu o corpo até, como sem querer, encostar seu pé gelado na perna dele. Entressono e entreamor, roçavam as pernas e pés. Vera recostou sua cabeça no peito do marido e acabou dormindo.

Uma notificação soou no celular. Com cuidado, pousou a face de Vera no travesseiro e pegou o telefone.

Numa mensagem cheia de agradecimentos, disse que tudo havia se acabado e que eles dois não alugariam mais o apartamento. Pediu que o casal compreendesse. Pedro pensou: como pode, durante a tarde, os dois estarem juntos, de mãos dadas, planejando o futuro, e, à noite, separados? Pedro ficou olhando para o teto. Baixou o volume na hora do gol do seu time para não acordar a mulher. Nem sequer vibrou. Desligou a TV e a luz. Ficou no escuro. Não sabia como explicar para a esposa no outro dia que tudo havia dado errado. Foi dormir sem saber o resultado. Com medo do que podia acontecer com eles dois, pegou na mão de Vera. Acariciava, mas não sabia se a esposa sentia ou estava dormindo. Às vezes, parecia que acariciava em vão. Talvez ela fingisse estar dormindo.

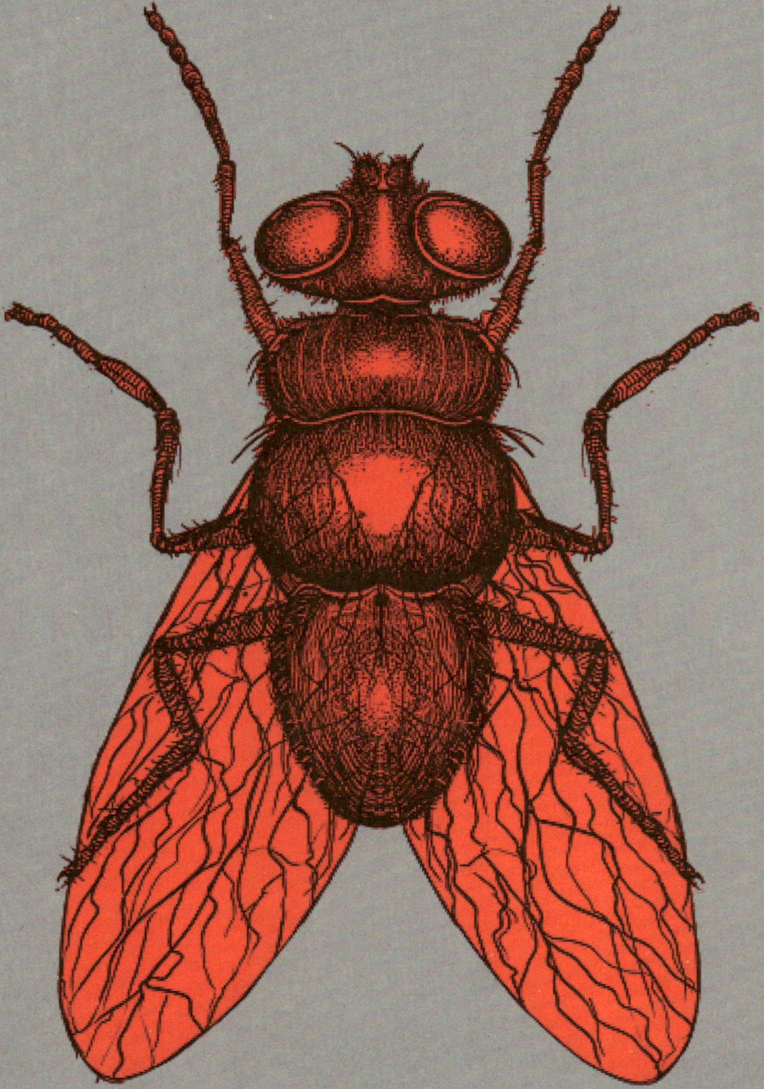

AS UNHAS OU O ECO DA CASA VAZIA

As moscas logo deram a notícia a todos.

Quando Zilá e o marido se separaram, os filhos, já entrando na idade adulta, resolveram seguir o pai, que se aventurava na carreira de músico. Foram os três morar na cidade, num lugar a menos de meia hora da casa da mãe, cedido por um amigo dele. Mas o pai não teve vida longa e apenas quatro anos depois morreu vítima de um atropelamento. No entanto, os filhos já estavam empregados, o que amenizou um pouco as coisas: Pedro era funcionário numa loja de xerox e Armando firmara-se no setor administrativo de uma empresa contábil. Do pai, sobraram apenas o violão e algumas dívidas soltas nos bares, poucas.

Logo que foram morar com o pai, os filhos visitavam Zilá todos os finais de semana. Depois, passaram a aparecer a cada 15 dias e, mais tarde, se não fosse mãe, ela teria tempo necessário para esquecê-los, tamanha era a demora em receber uma visita.

(Zilá, mais que reconhecer o barulho do motor do carro, sentiu o cheiro inconfundível de gasolina que a camioneta soltava, lembrança de quando o marido chegava para namorá-la. Saiu correndo para ver da janela.)

A mãe ficou surpresa quando, depois de um bom tempo, os dois filhos apareceram para uma visita. Ao chegarem, estacionaram e ficaram por um longo período no lado de fora da casa, apontando para o horizonte e conversando sobre o cercado de arame farpado que delimitava as terras dela das do vizinho, como se tivessem esquecido a mãe. Foi quando um estalar de janela abrindo acordou-os.

Ao irem ao encontro dela, notaram o que o tempo fizera. Tinha 70 anos passados, as pernas já cansadas e um rosto condizente com a idade. Os braços com a pele flácida, tempo e erosão demarcando a geografia daquele corpo. Se uma coisa não havia se desgastado, essa era a sua visão, ainda boa.

Abraçaram a mãe e entraram. Ao caminharem pela casa, Pedro e Armando distribuíam olhares para todos os lados, desde o piso ao teto, fazendo ora elogios, sugerindo melhorias e comentando desgastes que o tempo faz. A mãe seguia mais atrás, lenta por causa da sua osteoporose. Os filhos mantinham uma postura tal e qual desses compradores que nunca se sabe se têm ou não dinheiro para a compra. A casa não era luxuosa, no entanto, carregada de simpatia. Um pouco retirada da cidade, ainda não tão valorizada pelo mercado imobiliário, mas por questão de tempo, já que as construções e loteamentos estavam em alta: quem não comprasse ou pensasse em comprar certamente seria julgado como "mau investidor, pobre ou despreocupado". Verdade é que o lugar logo teria seu valor comercial elevado. Aqueles que viam longe, perceberiam um bom negócio à frente. Da casa mais próxima, ela estava localizada a uns bons passos, tanto que um grito demorava a chegar.

 Andando pela casa, Armando viu, escorado entre a parede e um roupeiro velho, o violão, aquele dos tempos em que o pai tocava. No que o pegou na mão, pôde ver na frente a assinatura, ou autógrafo, não sei como devo dizer, já que assinaturas referem-se, penso eu, a pessoas comuns ou desimportantes e autógrafos dizem ser de homens que se fazem lembrar pelo mérito. Independente da nomenclatura, foi assinada por um músico, amigo de seu pai. Não passava credibilidade, já que poderia ser facilmente copiada, tanto que havia sido riscada à faca. Bocas por aí diziam que o instrumento não tinha valor estimado, pois o músico também não tinha valor estimado. O que se pode dizer é que o artista, tempos depois, acabou ficando com certa fama na região. No entanto, ao pegar o violão na mão, Armando falou em alto e bom som ao irmão, como se já tivessem combinado, anteriormente, certas divisões:

– Este é meu! A mãe fingiu não perceber.

Comodidade

E Pedro comentou: – Esta poltrona já tá gasta. Olha o formato do seu corpo nela! Pega a outra, levo esta pro conserto.

Uma cadeira para completar quatro

– Para que tantas cadeiras, Zilá? – disse Armando, mexendo os móveis. Você perde tanto espaço na casa por causa delas. Aqui as visitas são raras e vão tão rápido embora.

Uma despensa com enlatados

– Fiz uma grande propaganda da sua geleia no escritório! – comentou Armando.

Pra depois

E Pedro fala de boca cheia: – Você emagreceu, Zilá, tem que comer mais, estas frutas são tão gostosas. Nunca comi maçãs tão doces. E olhando para a fruteira, com a boca entupida, disse: – É a última? Posso levar para a viagem?

Meu amigo me pediu uma assim esses dias

E Armando comentou: – Não se acham mais botas de borracha na cidade, é raridade. Podem estragar aí soltas, no lado da porta. Posso? Você não tem dois pares?

Depois de um bom café

E Armando andou pelo quarto da mãe. Abriu uma das gavetas da cômoda e encontrou um cachimbo. Sem querer criar qualquer tipo de desconforto à mãe por pedir o objeto, apenas colocou-o no bolso. "Vícios, para que vícios?" A mãe era ex-fumante.

Já está na hora

– Zilá, este relógio é antigo, não é? – perguntou Armando. Sabe..., esses dias estive num desses lugares que vendem velharias e vi um, talvez mais novo, mas muito parecido com esse seu. Estava sendo vendido a um valor exorbitante – completou Pedro, e fez silêncio.

Só mais uma pergunta

Armando: – Como está a sua saúde?
Pedro: – Você tem ido ao médico?

Enquanto os dois colocavam os objetos na camioneta, amarrando as cordas e firmando todas aquelas coisas, a mãe ficou na porta observando o trabalho, e a cada amarrar da corda, a cada nó que era dado, sentia um aperto. Os filhos, fixos no arrumar daquilo tudo, sequer notaram. Feito o serviço, Armando se aproximou dela:

– Já está tarde, temos que ir, Zilá. E estendeu a mão, como se fechasse um negócio. A mãe apertou a mão e, no que sentiu a maciez, puxou-a para si e pôs em seu rosto, como quem pede carinho. Mas no que viu, perguntou:

– Suas unhas estão roídas? Por quê? Você nunca foi disso, meu filho!

– É que ontem fiquei em casa pensando sobre como poderíamos...

– Pensando?... – cortou a fala do filho.

Armando fingiu: – Nada, não. A gente desaprende, perde alguns hábitos quando sai de casa. O trabalho está me tirando a paciência.

– Mas você roeu até a carne!

– Fique tranquila, dona Zilá, estou bem.

Tentando amenizar a situação, puxou as suas mãos das delas, e sentindo um alívio por ter se desprendido, brincou:

— Deixa eu ver as suas, dona Zilá!? Mas as suas estão curtas, não é?

— Sim, estão. Mas não roídas.

— Mas uma dama deve ter unhas compridas!

— Bobagem, meu filho! — e acrescentou: — Vamos fazer assim: deixe as suas unhas crescerem, e quando as suas estiverem compridas, volte. Eu corto pra você.

O filho pensou no tempo. As unhas dele mostravam alguém querendo comer o tempo. Ter falado da unha fez o filho corroer-se por dentro: "A mãe quer que voltemos! A mãe quer que voltemos! As unhas demoram crescer". Queria ouvir da mãe que tudo estava no fim. Algum sinal que fosse. Até mesmo um "estou ficando velha". Mas não, queria cortar as unhas. Pensava: "As unhas demoram a crescer. As unhas demoram crescer".

Foi quando Pedro buzinou: — Vamos, mano! — e se despediu da mãe com um aceno, demonstrando pressa. E a mãe gritou por três vezes para Pedro: — Vê se volta, meu filho! *(Pausa)* Vê se volta, meu filho! *(Aguardando resposta)* Vê se volta, meu filho! — e o filho fingiu não ouvir. Pedro negou a mãe. Armando, também ansioso com a partida, prometeu voltar: — Sim, dona Zilá, eu volto! — e os dois partiram. Na falta de um abraço, de poder sentir os filhos novamente no colo, se contentou com o cheiro de gasolina da camioneta e aquelas lembranças dantes.

E ela ficou toda contente, esperando os filhos voltarem. Esperando as unhas deles crescerem, enquanto, nervosa, segurava-se para não roer as suas.

Quando, pela terceira noite seguida após a visita dos filhos, ouviu, como se fosse para tirá-la do sono, alguém caminhando ao redor da casa, desconfiou e resolveu levantar. E teve uma surpresa, não era nenhum ladrão: ouviu a voz dos filhos, eles haviam voltado. Em frente à porta, pronta para abrir, pensou: "Que importa se as unhas ainda não cresceram? Que importa a hora?", e abriu um sorriso e depois a porta. E as vozes dos filhos soaram mais alto, mais forte ainda na casa quase vazia.

E a terra, maior que tudo, mais rentável que o amor da própria mãe e a uns bons passos da casa vizinha, tanto que um grito demorava a chegar, fez o grito de Zilá e Zilá silenciar. E no eco da casa vazia, os olhos dela fecharam-se fazendo estrondo, no entanto silenciosos para o mundo.

As moscas logo deram a notícia a todos!

O PORCO GORDO

Lembro-me muito bem daquele dia. Eu morava numa cidadezinha de Santa Catarina chamada Vila Coração. Uma dessas cidades que tem a igrejinha, o salão para as festas da comunidade e o bar que serve para os maridos fugirem das suas mulheres no domingo à tarde, a fim de verem os amigos e jogarem cartas. Há mais de uma semana, por todo esse pequeno lugarzinho, todos estavam avisados da peregrinação. E então chegou o dia.

Saí de casa sozinho, a pé, o sol baixando, caminhada dura, sete quilômetros até lá. A estrada era de chão batido, com cercas de arame farpado dos lados e muito mato, uma que outra perdiz assustando pelo caminho. Logo vieram as bifurcações, as entradinhas à direita e à esquerda; longe comecei a ver alguns pingos de claridade na escuridão.

As velas começaram a se encontrar; a vizinhança estava quase toda ali: o som de pés e cascalhos foi aumentando. As mulheres de preto seguravam firmes seus terços, os homens pareciam ter perdido a brutalidade que guardam na face e as crianças fabricavam curiosidades na quase escuridão. Quem nos visse de longe, logo buscaria com os olhos o morto.

Durante a caminhada, surgiram as primeiras teorias:

– Era magro até ontem, como pode?

– É, nem cabe na cadeira agora! Isso em três meses.

– Nem mesmo seis ou sete homens são capazes de levantá-lo!

– Doença?

– Gulosice?

– Não sei! Parece que perguntaram à moça da farmácia da cidade: disse que nunca viu nada igual.

E assim seguimos com nossas velas até chegarmos à casa do rapaz. Eu já havia estado ali, há muito tempo, por conta de umas ferramentas que me faltaram e que tive que pedir emprestado. Lembro que, na ocasião, ele aparentava ser um homem forte e saudável, quem sabe, feliz. Fomos chegando. Da rua se via, por uma janelinha, lá dentro, uma luz amarela. Aproximamo-nos. A casa era azul, a madeira já podre em algumas partes, fácil de fazer fogo. O telhado de barro. Em frente à casa havia uma bergamoteira, alguns pés de caquis e duas ou três laranjeiras. Engraçado é que nas plantas frutíferas, e já era época, não havia uma fruta sequer. Curiosa também era a capelinha, acreditem, sem santa, talvez roubada, pensei. Do lado direito da casa, um chiqueiro e um galinheiro, e, depois dos dois, um galpão com apetrechos e quinquilharias.

Ao entramos nas terras, dois cachorros nos receberam latindo; conhecidos de alguns, logo abanaram o rabo. Com o barulho dos cães, uma velha magra e nariguda puxou a cortina da janelinha da porta e apareceu. Era a mãe dele: já nos esperava. Abriu a porta e pediu que entrássemos. O silêncio na casa era gritante, e ela cheirava a passado. Pouco a pouco, um a um, entramos. Cruzei a cozinha e, passando pelo corredor, vi algumas fotos de família penduradas na parede, mortos com olhos que nos seguem. Enfim, chegamos ao quarto. Ficamos todos ao redor daquela cama, com nossas velas e olhos acesos, e, nela, aquele homem irreconhecível. Do lado direito, em cima de um bidê, a foto de sua falecida esposa, que, por alto, vi em algumas festas da comunidade. A mãe do rapaz sentou-se em uma cadeira que estava ao lado da cama. Vestida de preto, olhava o filho. No quarto, havia um velório com defunto vivo, tamanha morbidez. O homem entortava a cama, mesmo ela tendo seus apoios de tijolos. Por vezes vimos a mãe pegar na mão do filho para acalmá-lo. Ficamos quase vinte minutos em total silêncio, não fosse os resmungues do homem, até que se ouviram os latidos dos cachorros: "O padre chegou, é hora de orar". Veio a caráter, com seu terço e água benta. Entrou, cumprimentou a todos e pôs-se ao lado do enfermo. A reza começou. Pouco antes do fim do primeiro Pai Nosso, o rapaz começou a se agitar. Prosseguimos rezando e, cada vez mais, ele ficava inquieto: boca seca, suava frio, reclamava de dores, e o pouco que podia se mexer, pelo peso, se mexia. Rosnava sabe-se lá que palavras. Durante uma das orações, começou a chorar, parecia manha, feito criança, mas aquilo foi tomando maiores proporções. As vozes dos peregrinos começaram a aumentar e, na medida em que o rapaz chorava mais alto, também começava a se debater, mexer braços e pernas. Todos se deram as mãos, rezavam ainda com mais força. A cama de madeira rangia. E o choro virou grito, e o grito logo deu lugar a uma espécie de roncar. Mas o mais assustador aconteceu depois. O homem, mais próximo do animalesco, começou a grunhir feito um porco. Era o grito de morte de um porco. E cada vez mais forte e mais forte e mais alto, até que algumas pessoas se soltaram daquele cordão de reza, largaram velas e correram para a porta. E o que se viu foi um homem gigante em desespero e o fogo correndo pelas cortinas, os tijolos que davam apoio à cama quebrando e a água benta tentando acalmar o bicho e o fogo: "Me solta, me solta, para!

Me solta, fui eu, fui eu, eu falo... Para... Me solta!". Até que tudo silenciou: os cachorros assustados do lado de fora, os tijolos quebrando, o grunhir, a reza, as velas quase todas apagadas. A princípio, ninguém entendeu nada: o homem gritando "fui eu! Fui eu!". E ele então contou sua versão da história. Começou contando sobre a morte recente de sua esposa: só ele sabia a dor que sentia; que, depois disso, a casa, os afazeres, nunca mais foram os mesmos. Tornou-se ranzinza, mole para as coisas do dia a dia e insuportável a ele mesmo. O cuidado com os bichos, com a comida, com as roupas, tinha posto tudo de lado. Comentou que não aguentava mais e que, numa noite, por horas, ficou olhando o retrato da falecida esposa, caminhando pela casa com os porquês na cabeça, culpando a tudo e a todos. Disse ainda que, naquele dia, bebeu muito e se descontrolou, e que tristeza e fúria igual nunca havia sentido. Contou que saiu da cozinha cambaleando e foi até o galpão buscar um galão de gasolina para tacar fogo na casa quando caiu da escada; levantou-se usando a madeira que servia como pedestal à capelinha e, com raiva de si mesmo e de tudo, viu, lá dentro, uma vela e a santa: a vela para o fogo e a santa para... Pegou as duas e foi em direção ao galpão para buscar a gasolina. Passando pelo chiqueiro, os porcos começaram a roncar, grunhir. Ficou possuído! Agarrou-se com as duas mãos na cerca do chiqueiro e começou a balançá-la, queria derrubar: – Porcos malditos, fedorentos e magros! Engordem, seus miseráveis! Engordem! – e, naquela imundície coberta de moscas, blasfemou pela magreza dos bichos e jogou a santa lá com os porcos. Do resto apenas lembrava que tropeçou em algo e que só acordou no outro dia, não viu mais a santa. Foi isso que disse. Perguntado sobre o porquê de ter feito aquilo, contou que dois porcos e dez galinhas haviam morrido naquela semana, de magreza, de fome, e aquilo o havia revoltado. Era isso que tinha acontecido e agora estava assim. Os poucos que ainda estavam no quarto saíram, deixando somente o padre e a mãe por lá.

É mais umas dessas histórias que se conta e ninguém acredita, mas eu estive lá e vi com meus próprios olhos o porco gordo. A minha dúvida não é a da sua existência. Eu o vi! Mas que não sei dizer se aquilo foi obra do homem, de Deus ou do diabo. Pode até ser a gordura por causa de um problema da cabeça, que ele comesse com os olhos. Acreditem, isso existe! Se bem que não vi comida alguma na casa. Se não vi, pode ser que não tinha, pode ser que não tinha porque comeu! As árvores não tinham uma fruta sequer. Ele disse que vários bichos morreram de fome. Será que não os comeu? Dois porcos, dez galinhas e todas as frutas? Castigo divino que ele reclamava ou comilança? Será que jogou a santa? Bem, não vi a santa também. Quem me garante que ele era religioso? Talvez sofresse dos nervos. Castigo divino ou praga do diabo? O que sei é que estava lá, gordo feito porco. Esse homem pode ter mentido sobre muitas coisas naquele dia, que nem Deus sabe, e acreditar no diabo é difícil. De todos eles, o único que vi e ouvi foi o porco gordo.

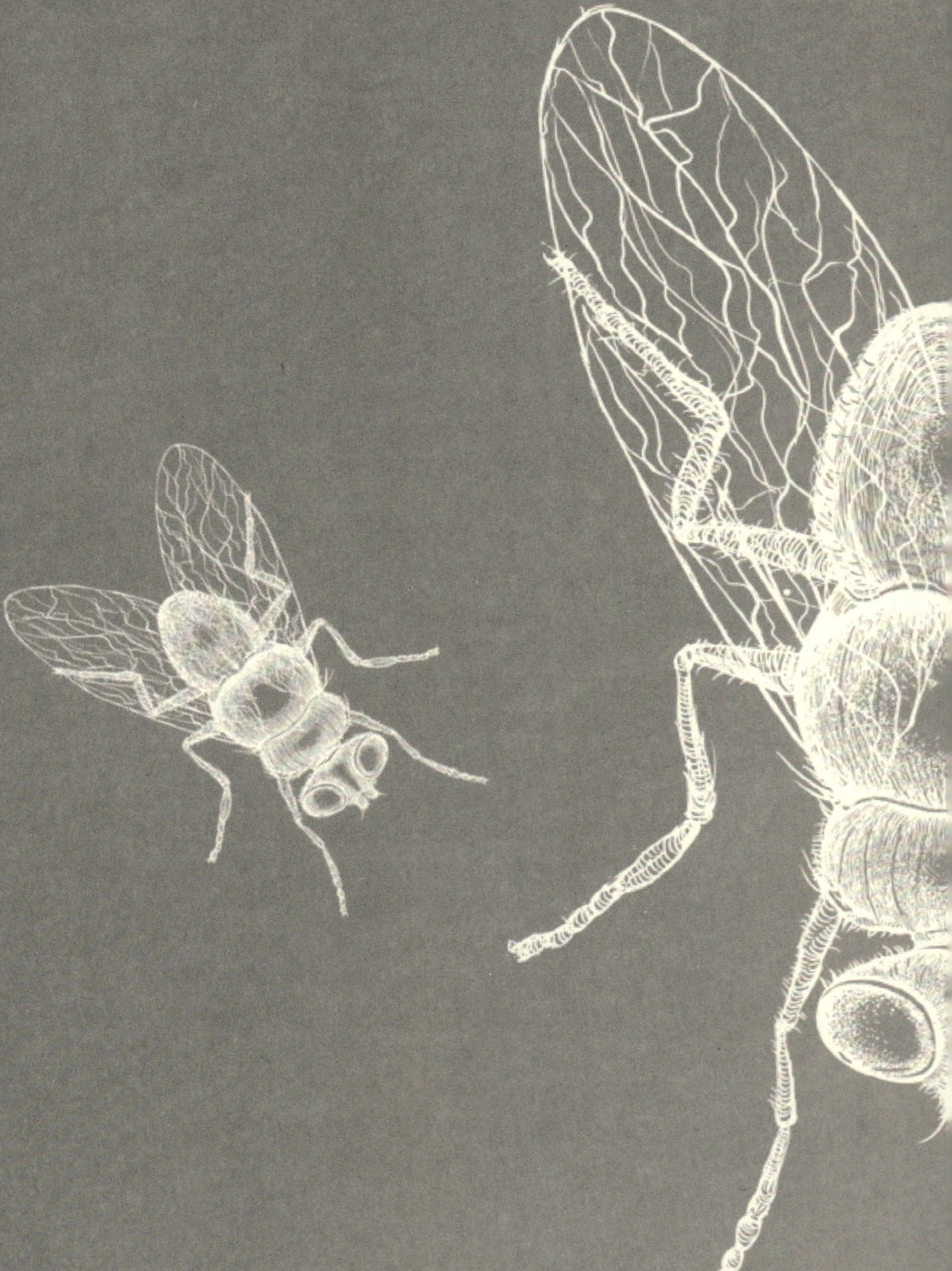

O AMADO

Se me encontrassem morto naquela manhã, teríamos somente uma história, a contada por eles. Deixei que saíssem com as suas verdades, afinal, a imaginação cria realidades individuais.

Minha vida: os sons (uma só partitura tocada)

Clave de Sol	o portão de entrada	con**dó**mínio
Clave de Sol	os passos na escada	si**l**êncio
Clave de Sol	catar o molho de chaves no bolso	buscá-**lá sustenido**
Clave de Sol	abrir a porta	**lá**r
Clave de Sol	a água do chuveiro	**sol sustenido** = chuva
Clave de Sol	a borracha da geladeira	**sol**ta
Clave de Sol	o riscar do palito de fósforo	**fá-sustenido**-gulha
Clave de Sol	o fervor na panela	**fá**minto
Clave de Sol	meu osso do maxilar e o mastigar	**mi**galhas

Clave de Sol	os talheres na borda do prato	**ré-sustenido**-za
Clave de Sol	o tabaco queimando	**ré**fletir
Clave de Sol	o tempo gastando as engrenagens	corren**dósustenido**
Clave de Lua	as páginas dos livros	folhan**dó**
Clave de Lua	o estalar das madeiras da cama	**pausa**

Naquele dia, as coisas não foram porque eu quis, mas sim porque um dos ruídos não soou. Pensei em arrombar, mas não, evitei fazer barulho aos vizinhos.

"Nessas cidades pequenas, por medo,
os chaveiros fecham cedo as casas e vão dormir."

Ficava longe e já era tarde da noite, mesmo assim, resolvi sair e bater. Finalmente cheguei ao casarão. Engraçado é que a porta da casa do chaveiro tinha três trancas, porém era de madeira, já podre, fácil de arrombar, qualquer chute a desmontaria. As janelas estavam fechadas, embora eu pudesse ver fios de luz lá dentro, o que me trouxe um pouco de esperança. Bati e esperei. Bati mais forte e esperei. Bati ainda mais forte. Foi então que, vindo da escada lateral da casa, acesso para o andar superior, ouvi alguns passos e resmunguei: – Finalmente ouviu! – fui em direção da escada e a vi descendo. Tinha o cabelo loiro, batom vermelho e uma voz que devo adjetivar: doce.

— Ele está aqui, suba!

Aguardou que eu me aproximasse e abriu a porta.

O lugar era escuro, espaço tomado pela acrobacia da fumaça dos cigarros, sem relógios, pois aí o tempo deveria ser esquecido, e sem janelas, espécie de frasco de perfume com cheiros que não se sentem durante o dia. Caixa preta que me fez lembrar os teatros no apagar das luzes, início do espetáculo. A música tocava baixa e as conversas eram ao pé do ouvido. Havia poucas; com dois ou três.

Entramos. Apontou para ele. Fiquei surpreso. Lá estava, atrás do balcão, o homem que, durante o dia, vendia chaves, e, à noite, *vendia* também, no entanto com outro fim. Timidamente me aproximei:

— Eu acabei tendo um problema. Será que não teria como o senhor...

— Sim! — cortou a minha fala e lançou o copo.

— Não, obrigado, eu só preciso de uma cha...

— Tome! Beba! Essa é por conta da casa! — cortou novamente minha fala.

Troquei olhares com ela e no meio dessa burocracia, mesmo chamado de burrocrata pelo cupido, quebrei o protocolo e bebi. Por aproximadamente meia hora, não troquei sequer uma palavra com os dois. Pouco depois, pedi:

– Preciso de uma chave!
– Beba mais uma! – respondeu o chaveiro, ou melhor, o atendente.
Retruquei: – Quero ir agora! Preciso de uma chave.
Abriu um sorriso irônico e deu-me uma chave. Por um segundo, hesitei, não era aquela a chave de que eu precisava. Quando olhei para o lado, ela já me estendia a sua mão. Fui levado por um longo corredor escuro, com muitas portas. A saia brilhante seguia na frente. De vez em quando, a dama olhava para trás e, depois de um gole de bebida, abria um largo sorriso. Pela passagem pude observar as maçanetas, todas elas gastas, reflexo da boa quantidade de clientes que frequentavam o lugar. Durante o trajeto, apenas uma porta gritava amores. Quando de outra, mais à frente, um casal saiu, rapidamente baixei a cabeça. Posso apenas dizer que seu acompanhante tinha bom gosto para sapatos e que, por um momento, envergonhei-me: eu nunca havia feito aquilo. Garrafas vazias, cacos de vidro, carteiras de cigarro, bitucas, almas maquiadas, tatuagens, espelhos, preservativos. No fim do corredor, chegamos ao nosso quarto. Entramos. Larguei a garrafa ao pé da cama, tirei a camisa, os sapatos e deitei. Ali, encontrei o meu meio-amor, o sexo com alguém. Disse ser Cris, Paula, Verônica, Josi; era de se acreditar, ela era tantas no corpo de uma

só. Mulher sem identidade para contar a verdade. Beijei na boca. E quando se beija na boca uma mulher dessas, perdem-se as horas. Já era tarde. Recolhi as roupas, paguei a conta e saí.

    Feito um equilibrista na corda bamba, cortei por ruas e becos, sentindo ter, dentro de mim, um maestro queimando as partituras do mundo. Um maestro regendo às vezes notas graves, às vezes agudas, em compassos compostos, sem plagiar o passado, improvisando, construindo ruídos que ganhavam volume e se disfarçavam de gritos que caminhavam de ponta de pé no deserto. A cabeça começou a sentir.

    Fui cair num muro, único lugar em que consegui algum apoio. Eram duas ruas, uma que ia e outra que vinha, ambas quase vazias pela hora, e, entre elas, um comércio de flores.

    Estava todo de preto, inclusive sapatos escuros sujos, porém com o mérito de serem conhecedores, como eu depois desta história: porco que sai da imundície de antes para servir as bocas falantes como homem santo.

    Feito mendigo, apoiei-me naquele muro áspero. A última coisa de que me lembro, antes de fechar os olhos, é de ter tateado o chão e sentido, em busca de apoio, uma espécie de lata pequena; então dormi. Durante a madrugada, recordo-me de ter sentido, por vezes, moscas andando nas minhas pálpebras: pareciam querer abrir os meus olhos.

Não sei a que horas, creio que ao amanhecer, uma senhora cutucou-me e disse:

– Meus pêsames; se precisar estou aqui na frente – e deixou uma rosa do meu lado. O corpo não aguentou e dormiu novamente, pareceu-me sonho.

– Ei, moço! – cutucou-me o vulto. Disse com verdade: – Sinto muito! – e outra flor foi deixada ali. Não sei quem, pois saiu. O sol já me fazia suar. Carros e pernas apressadas que ali passavam me deixavam tonto. Passei a mão no rosto para me sentir mais vivo, me ergui e apoiei as costas no muro. Do meu lado, vi duas rosas e uma lata de spray, aquela pequena em que eu dormira abraçado. Ainda de cabeça baixa percebi um casal cruzando a rua, os passos vinham em minha direção. Enfim, chegaram, e, em um gesto semelhante a quem deixa uma flor em um túmulo, deixaram-me outra rosa e saíram. Foi tudo tão rápido quanto o trânsito que na rua aumentava, eu não conseguia raciocinar, responder àquilo que acontecia. Do meu lado direito, apontou um senhor de bigode e cabelos grisalhos e outras quatro pessoas; na mão do velho vinha um copo fumaçando. Ele se agachou e perguntou: – Café? – juro que pensei que o mundo melhorara de um dia para o outro. Por que tanto amor? Eu só saí em busca de uma chave. Dei uma bicada e, trêmulo, deixei o copo do meu lado. Interiorizei-me: eu não tinha reflexos, apenas aceitava o que acontecia; um zunido me enlouquecia, parecia estar rodeado de milhares de moscas: aquela velha, o sono, o casal, as rosas, as pernas, as motos, os carros, o trânsito aumentando, o velho, o café, as pessoas se aglomerando, o sol que me fazia suar mais e mais e mais, meus pêsames, meus pêsames, meus pêsames, rosas e uma lata de spray, eu não sabia o que estava acontecendo. – O que está acontecendo? – gritei! Fez-se um silêncio velórico tamanho que alguns saíram de perto, abrindo um clarão. Tomei forças e, cravando as unhas no muro, levantei-me. Foi então que entendi. Pude ver, do outro lado da rua, a entrada do cemitério municipal, com suas gavetas me fitando. Entre as ruas, o comércio de flores, e, atrás de mim, no muro em que eu me escorei, escrito em preto do spray: "Laura, te amo". Só assim amei e fui amado um dia, por Laura, que eu nem sei.

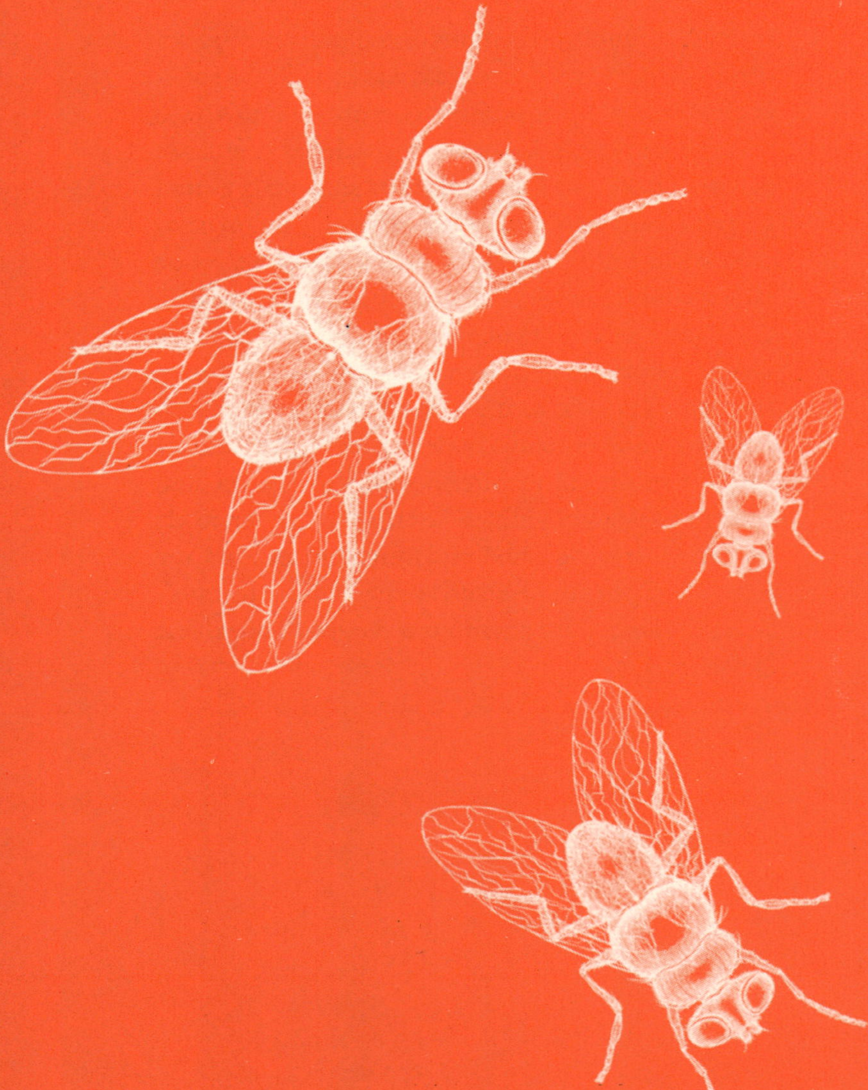

ALMÍSSIMA

Naquele dia, Armando acordou-a com um beijo. Trazia, em uma bandeja, pães e frutas. Tomaram, como de hábito, o café na cama.
– Quem vem? – ela perguntou.
– Meu primo Arthur, minha tia e uma amiga dela.
– Conhece?
– Não, não sei quem é!
Durante o dia, cuidaram dos preparativos para o jantar. A casa estava feliz, nunca havia visto tantos beijos antes. Delineia então ouviu a campainha. As visitas tinham chegado. Armando, que estava na parte superior, desceu as escadas correndo, tinha saudade dos dois. Deu um abraço forte neles e um delicado aperto de mãos na amiga de sua tia. Olhou bem em seus olhos. Delineia veio em seguida. Cumprimentou o primo e a tia do marido e, com simpatia, estendeu a mão para receber

a moça. Ficaram na sala. Primeiro conversaram sobre o porquê da vinda. A tia esclareceu:

– De passagem, pois estamos indo mais ao sul, a fim de ver algumas casas para investimento. Além disso, acabamos prestando um favor à moça, filha de um amigo meu.

Em conversa paralela, Armando encheu a tia de perguntas sobre a moça. Após, contaram anedotas uns aos outros. A cada gole de aperitivo a intimidade amolecia. As risadas seriam facilmente ouvidas da casa vizinha se essa não fosse tão distante.

"A nós", berrou e levantou a taça. Olhou para todos na mesa, parou e fixou os olhos nela. Sua esposa então percebeu.

Parecia pouco aquele olhar, mas um grão de areia nos olhos pode derrubar lágrimas que inundariam um oceano e, mais que isso, na alma, causar irritação tamanha de provocar enjoos. Ela percebeu. Pediu licença e saiu apressada. Sentiu deveras um mal-estar e foi ao banheiro. Essa era a primeira vez que aquilo lhe acontecia. Estranhou. Cuspiu e não pôde acreditar, brilhava. Guardou. Voltou à sala e, perguntada sobre o que havia lhe acontecido, respondeu apenas ter sentido um enjoo, disse que já estava bem. A mesa riu após a tia olhar para a barriga de Delineia e brincar: – Menino ou menina? Depois disso, ficou em silêncio por um longo tempo, dando falsa atenção a todos, preocupada com o que tinha ocorrido.

Mais tarde, a comida foi posta à mesa. Boca em função, os olhos não pararam. É impressionante o que uma visita em um lugar onde não há ninguém por perto pode causar; tal e qual uma rede nova nunca jogada ao mar querendo se perfumar de peixes. Os pensamentos já traíam.

O silêncio foi quebrado com risos quando uma mosca que estava de passagem causou algazarra na mesa de jantar, sumindo, por fim, por uma fresta da janela.

Após a janta, os momentos foram regados a bom vinho. Deus Baco parece ter descido para a festa naquelas duas cabeças. O primo Arthur, amante da música clássica, deu fundo ao encontro. Todos calaram para ouvir. Armando, ao final da primeira sinfonia, com descuido, olhando aquela moça encantadora, pensou em voz alta: – Que linda! – acusou-se pelos olhos. Elas notaram. Todos notaram. Um a um mexeram a bunda da cadeira, desconfortáveis, como se ouvissem Chopin errar uma nota. Ele, querendo disfarçar, saltou da poltrona e, batendo palmas, exageradamente, encenou, como *Capitano* e *Brighella* da *Commediadell'arte*:

– Que maravilha! Linda música para regar esse momento; junto dos amigos e de minha esposa – e abraçou-a. Delineia recebeu com desdém as falas e pediu licença:

– Vai aonde?

– Ao banheiro.

– De novo?
– Sim! Enjoos.

Sentiu o mesmo que antes: um mal-estar, um enjoo repentino. Mal conseguiu chegar ao banheiro, trancar a porta e já cuspiu mais uma. Ficou horrorizada. Brilhava. Seria estupidez contar aos outros o que estava acontecendo. Voltou à sala. Tinha a cara abatida, quase não falava. O vinil tocou. Armando puxou a agulha e disse entusiasmado: – Beethoven?

A tia olhou a hora: – Está tarde, meu sobrinho, estamos indo!

– Fiquem mais! A vida aqui é... Receber visitas me alegra.

– Temos ainda que deixá-la na casa de seu tio, sua nova morada. Fica a 40 km daqui, há bastante chão.

– Conhecem bem o lugar? – perguntou, espertamente.

– Sim! Fica próximo da casa de ferragens, ao lado dela, na verdade.

– Sei onde fica!

A despedida ainda provocou alguns enjoos a Delineia.

Há algum tempo havia começado a chover e já era tarde da noite, por isso Delineia viu seu marido levar todos, um a um, da porta de entrada até o portão, onde o carro os esperava. Usou passos largos com os dois primeiros, normal quando cai água do céu. Quando voltava para buscar a última, só ele sabe o que sentiu quando se deparou com as duas na porta de entrada, iluminadas pela luz que vinha de dentro, formando duas silhuetas. Delineia parou-o, pondo a mão no cabo: – Eu levo! Armando arrancou o guarda-chuva da mão da mulher. Com a amiga da tia, o marido foi diferente: usou passos curtos, parecia cair é sol. Foi devagar, querendo ganhar tempo. Delineia, com os dois de costas para ela e indo em direção do portão, não pôde ver os lábios se combinando *(no sentido de tramar, não de beijar: isso ficou para depois)*. As ondas do mar, por compaixão, gritavam tentando esconder a verdade dos ouvidos de Delineia. Armando esperou o carro partir e voltou. Sua mulher já estava no banheiro. Bateu na porta:

– Tudo bem?

Ela não respondeu.

– Tudo bem, amor? – insistiu.

– Enjoos! – berrou.

Apoiada na pia, chorava baixo para o marido não ouvir, sentia as dores e cuspia. Cuspia mais que antes. Brilhavam. Guardou todas e subiu para o quarto. Armando foi logo em seguida: deitaram em silêncio. Tudo estava escuro.

Durante a madrugada, primeiro Delineia ouviu as tábuas da cama lentamente estalarem *(abriu os olhos assustada)*, depois, alguns passos que foram "desaparecendo" na escada que dava para a parte inferior da casa *(engoliu a seco querendo não acre-*

ditar no que ouvia) e, por fim, o zunido que uma dobradiça da porta de entrada que sempre fazia barulho *(ela calou)*.

Depois de ter ouvido naquela noite o som da dobradiça da porta de baixo, por dias Delineia ia até a sala, abria uma das janelas e via a paisagem imóvel: fotográfica. Se Armando fosse um barco a vela, o vento não o traria de volta, nem mesmo as ondas, na aparente calmaria do mar. Ela caminhava até a porta de entrada, pegava a maçaneta, fechava os olhos e, juntando forças, abria e fechava a porta querendo ouvir novamente o som da dobradiça: não queria acreditar. Depois de não aguentar mais e sentir os enjoos, sentava-se na poltrona, estendia as mãos, cuspia e pegava-as, todas. Ficava por um tempo olhando-as. De tanto, enjoou-se dos enjoos e quis vida melhor, deu cabo dela. Roeu a corda e deixou o cais. Foi viver no mar!

Ficou conhecida como "A mulher almíssima": aquela cheia de alma, a infeliz que cuspia pérolas, feito uma ostra.

A QUEDA

Foi até a sala de estar, tirou um livro da estante e, no que sentou para ler, viu uma formiga passando pelo parapeito da janela. Primeiramente, pensou no esforço que a tal formiga havia tido em chegar até aquele andar. Aos poucos, foi tomado pelo desejo de dar com os dedos nela e jogá-la de lá pelo simples fato de vê-la cair: vontade que mata bicho, que mata gente. Imaginava a pequena alma caindo e como seria espatifar-se no chão: a leveza, a altura, a queda, o tempo da queda, a irracionalidade da formiga durante a queda. Pensou nas proporções da formiga e dele, como seria seu corpo caindo. Aqueles sete andares da formiga pra ele seriam igual a cair na boca de um vulcão, sei lá, cair duas vezes do prédio mais alto do mundo, saltar da lua. Tudo fascinava seu pensamento. Mas quando largou o livro e apoiou as mãos para levantar da cadeira, entre o descuido de pensar e agir, a formiga adentrou pela janela e chegou à parede. No que ela pisou no lado de dentro, de súbito, percebeu a tinta seca. Foi distraído. Esqueceu por um instante a pequenina e deteve-se admirando o grande trabalho que fizera no apartamento: a pintura. Chamou-lhe a atenção a cor. Das vezes em que lhe perguntaram de que cor havia pintado o seu apartamento, apenas disse: "Uma cor clarinha! Não sei dizer. Um verdinho, cinza". Fitou novamente a pequenez da formiga e olhou para dentro de si: "Que cor será?". Percebeu a sua própria ignorância.

Depois disso, resolveu vasculhar as gavetas de sua casa à procura de um informativo sobre os médicos de seu plano de saúde: queria agendar um oftalmologista. Pôs as mãos furiosas na gaveta entulhada de coisas de sua vida: pilhas velhas de um relógio velho que havia o deixado velho, e que já deveriam ter sido descartadas, uma calculadora que cansou de somar dívidas e um convite de casamento, "Paulo e Léia, eternamente". Rasgou e falou para si: "O lixo seco passa amanhã"; acabou queimando com o isqueiro na pia da cozinha. Puxou ainda cabos de celular, um pen drive, algumas cartas do FGTS e muitas coisas que já não prestavam pra mais nada, pequenas à vida dele. Por fim, achou a lista de oftalmologistas. Na dúvida, escolheu um nome sugestivo para óculos: dr. Oclides. "Um oftalmo nato", pensou.

Discou.

– Consultório do dr. Oclides, bom dia!

– Bom dia. Eu gostaria de marcar uma consulta.

– Só um instante... Tenho um horário vago às 11h, pois um cliente, agora mesmo, desmarcou. Pode ser?

– Sim, pode ser.

– Qual o seu problema?

– Eu não sei a cor da parede do meu apartamento.

(Com estranhamento)
– Como?

– Eu não sei a cor da parede do meu apartamento.

– Mas... como posso lhe ajudar?

– Eu quero marcar um horário. 11 horas, certo?

– Mas...

– Eu gostaria de saber a cor da parede do meu apartamento.

– Olha, eu acho melhor o senhor ir até uma casa de tintas e...

– Não, não é isso. Acho que eu me expressei mal. Eu sou daltônico.

– Ah, sim, agora entendi. Marcado para as 11 horas, então?

– Certo. Estarei aí.

Ela riu ao telefone, alto, tanto que ele a ouviu. Desligou o telefone. Dois minutos depois, a secretária retornou.

– Alô.

– Olá. Desculpa, mas esqueci de perguntar seu nome e... *(ela deu uma pausa, pois deixou cair um papelzinho de anotações no chão; ele pensou que foi mero charme dela)* se o senhor tem algum plano?

– Me chamo Fernando, e quanto ao plano... quem sabe... pizzaria... não sei...

Um longo silêncio perpetuava no telefone. Até que ele reagiu:

– Alô! Alôôô!

– Senhor, peço desculpas mais uma vez, mas acho que agora eu é que me expressei mal. Preciso saber o seu nome e se tem plano, para anotar na minha agenda; bem... é o plano de saúde.

Ela não pôde ver o vermelhão da cara dele.

– Olha, me desculpe também, eu pensei que... no entanto... caso queira... *(ficou aguardando resposta)* Sim, meu nome é Fernando Albuquerque e tenho plano de saúde: levo a carteirinha.

– Muito obrigado. Até as 11 horas.

– Até.

Chegou e sentou na sala de espera, pois a secretária estava "presa" ao telefone. Aguardando, olhou, em cima da mesa, uma espécie de planta carnívora. A plantinha devorava uma mosca. Notou quão importante é a dependência do outro para se viver: o homem, ao mesmo tempo em que devora, deveria idolatrar a sua caça.

– Olá.
– Olá. Bom dia. Em que posso lhe ajudar?
– Eu sou o sr. Fernando. Falei há pouco com você. Do plano, lembra?
Intimidade ou descuido, pensou em voz alta:
– Nossa, pensei que o senhor fosse mais jovem. Mas, senhor, vamos ao que interessa. Pode sentar-se, o dr. Oclides já vai lhe chamar.

Não falou. Não conseguia. Apenas concordou com a cabeça.

Não demorou muito e o doutor o chamou. Fernando entrou na sala, certificou-se que a secretária encostou a porta, observou um vaso de flores murchas e brincou: – Pouca água; como a sua secretária. O médico parou, olhou-o e respondeu: – Simpática, não é? Fernando, espontâneo como sempre, não se acanhou: – Não! Falta-lhe água para se mostrar mais bela aos outros; depois de muito choro ela melhorará, aprenderá a sorrir.
O médico ficou mudo. Pensativo. Silenciaram. Depois, o doutor resolveu brincar:
– Vejo que temos um poeta aqui.

Fernando riu, no entanto, não do que o doutor dissera, mas do que ele diria: – Tudo bem, até posso ser poeta, mas, primeiro, ser oftalmologista e não ver seria complicado. "Vejo que temos um poeta"; e, segundo, "temos?"... Não há mais ninguém na sala, só você e eu. O correto seria dizer "vejo que tenho um poeta aqui". Falta-lhe a plateia para rir da minha cara.

Ficaram alguns segundos sérios e depois riram.

– Brincadeira, doutor.

– Nem todos que vêm até aqui são tão bem-humorados, senhor Fernando, parabéns. Às vezes, temos que ver se realmente sorrimos a nós mesmos, à nossa própria vida.

Fernando, sarcástico como sempre, acrescentou:

– Minha nossa, pensei que estivesse no oftalmologista, não no psiquiatra.

Os dois riram novamente. Fernando prosseguiu:

– Doutor, já que entramos no assunto sobre ver, ver e ver, posso lhe sugerir algo?

– Claro.

– Quem sabe você coloque uma frase na porta do seu consultório. O que acha?

– Hum. Que frase?

– SE VEDES A VIDA COM OUTROS OLHOS, E ESSA NÃO FOR DE UM MODO BOM, TALVEZ TENHAIS QUE IR ATÉ O OFTALMOLOGISTA.

Os dois caíram na gargalhada, tanto que a secretária olhou com estranheza para a porta de seu chefe: nunca tinha ouvido risos lá dentro. A RISADA É, MUITAS VEZES, A LEGITIMIDADE DO PECADO!

Passadas as risadas, Oclides começou de fato a consulta.

– Boa ideia!
– O quê?
– A flor – e apontou. – Que cores você vê na flor?
– Amarela. Azul. Branca. Verde.
– Espera! Espera! Você está chutando?
– Não!
– Ah, bom. Porque não está acertando.
– Parece um lilás.

Rapidamente o doutor apontou o indicador para a cara de Fernando, como se descobrisse o gênio da lâmpada:

– Protanopia!
– Prona... pronatopsia é uma cor?
– Não. Pro-na-to-pi-a. É uma doença.
– Doença?
– Não, não. Calma! É o problema que você tem. Ausência de receptores da cor vermelha – e fez algumas anotações em uma folha.

– Só isso, doutor Oclides?
– Calma! Ainda tenho que lhe fazer outras perguntas. Certamente você rodou em geografia na escola.

– Como sabe?

– Mapas, meu filho, mapas geográficos e suas legendas.
– Verdade.
– Você enxerga preto e branco?
– Sim, minha tevê não é a cores.
– Ah, muito engraçado. Você tem senso de humor, sabia? Quais são as cores da camisa da Seleção Brasileira?
– Depende como ela jogar. Uniforme um, dois ou três? De jogo ou de treino? Desculpe, foi o senso de humor falando por mim.
– Tá bom. Que cores?
– Azul, verde e amarela. Decorei na escola.
– Que bom, percebo que além de ter um ótimo senso de humor o senhor também é sincero. Bem... O senhor pode corrigir esse probleminha com lentes. No mais, você é uma pessoa extremamente saudável. Sugiro que você compre lentes, se é que quer solucionar o problema.
– Mas, doutor, eu vim aqui para achar grandes problemas.
– Tudo bem, eu aumento em 10 vezes o valor da consulta se o senhor quiser.
– Não, muito obrigado.
(O médico prescreveu algumas sugestões para a compra e entregou o papel a Fernando)
– Volte aqui quando tiver as lentes. Tá certo?
– Certo.
– Até mais.

– Até.
Os dois trocaram sorrisos.

Saindo do consultório, Fernando ainda disse:
– E não se esqueça da frase "SE VEDES A VIDA COM OUTROS OLHOS, E ESSA NÃO FOR DE UM MODO BOM, TALVEZ TENHAIS QUE IR ATÉ O OFTALMOLOGISTA".

Na manhã seguinte, ao pentear-se na frente do espelho, Fernando percebeu que seus olhos estavam azuis, sendo que eram castanhos. Ficou algum tempo ali, admirando o fenômeno, depois correu apavorado até o telefone para ligar ao consultório do doutor Oclides. A moça atendeu:

– Consultório do doutor Oclides, bom dia! Em que posso lhe ajudar?
– Olá, bom dia. Olha, ontem estive aí, lembra? Fernando, da pizzaria; não, não, do plano. Lembra?
– Ah, sim. Fale.
– É que estou com um pequeno probleminha. Eu realmente não sei o que está acontecendo. Parece, não sei, sei lá... Eu estava em frente ao espelho me penteando quando, de repente... Eu não sei como lhe explicar. Meu Deus! É realmente algo sem explicação.
– Bem, se é sem explicação, até mais e não tente mais me cantar, senhor!

– Não, espere. Espere. É que eu estava...

– Será que o senhor pode parar de falar e explicar de uma vez por todas o que aconteceu?

– Meus olhos, que antes eram castanhos, agora estão azuis!

Silêncio

– Como?

– É isso mesmo. Meus olhos mudaram de cor.

– Por favor, sem brincadeira, senhor Fernando. Eu não tenho tempo para isso. Se tem a intenção de que eu saia com você, é melhor....

– Não, eu...

Ela então desligou.

Mesmo assim, correu até o consultório. Ao chegar lá, deu de cara com a secretária, que, espantada, viu que era mesmo verdade, porém seus olhos agora estavam verdes e mudavam rapidamente de cor, como uma espécie de aurora boreal. Pediu que ele entrasse rapidamente na sala do doutor.

Antes de entrar na sala, ainda pôde ver uma frase na porta de entrada da sala do doutor, não aquela sugerida por ele: "TENHA UMA CONFIANÇA CEGA NO SEU OFTALMOLOGISTA".

Ao primeiro passo, quando adentrou no consultório, o doutor, já avisado pela secretária sobre o fenômeno e curioso para saber sobre o acontecimento, puxou-o pelo braço e colocou-o deitado na maca. Visto o fato, dr. Oclides ficou pasmo e, depois de um breve silêncio, abriu um largo sorriso. Fernando notou, o sorriso do doutor era diferente daquele de ontem, que era espontâneo, para diversão, ingênuo. O médico, fitando-o nos olhos, disse:

– Senhor Fernando, eu nunca vi isso. Em 25 anos de profissão, nunca vi algo igual: contrato-te. Chamarei emissoras de rádio e televisão, jornais, revistas da área, estudiosos, o maior circo do planeta, e você, o homem com os olhos mais belos do mundo, será rico, idolatrado, famoso.

Fernando sentiu enorme desprezo. Seus olhos continuavam mudando de cor e, meio esfumaçados, começaram a mostrar imagens. Da primeira vez que o médico conseguiu ler a imagem que os olhos transmitiam, pôde ver um homem cravando cercas de arame farpado em um grande terreno gramado. Os olhos do médico brilhavam de euforia. Os olhos do doutor cresceram.

Fernando, alterado, começou a ficar com as mãos suadas, faltou-lhe ar naquela hora. Foi então que pediu ao médico para que abrisse a janela do consultório para que entrasse um pouco de vento. Oclides, andando depressa pela sala, esbravejava, uivava: – Você merece, meu velho amigo. Você enriquecerá. Você será idolatrado. Você estará em todos os jornais. Você, o homem com os olhos mais belos do mundo. E nós... *(pausou quando fazia força para abrir a janela que estava emperrada)* No que abriu, uma formiga passava no parapeito. Ainda escorado ao lado da janela, o médico, saudável dos olhos, avistou a formiga e, no que levantou a mão para jogá-la pela janela, Fernando não teve dúvidas: saltou da cama e o jogou para baixo. Viu aquela alma pequena ficando cada vez menor ao passo que chegava ao chão, até espatifar-se. E ficou em perpétuo silêncio, ouvindo apenas as batidas do martelo cravando as cercas de arame farpado na terra, naquele imenso terreno que sabe-se lá quando seria todo cercado. A formiga passou tranquilamente, como se nada fosse.

DAS ALMAS
DO LADO DE LÁ

Parecia que as duas mulheres da casa de dois andares bem em frente ao prédio haviam esperado todos silenciarem naquele finzinho de domingo triste – como todos são – para começarem a gritar. Uma alugava a parte de cima, a outra, a de baixo. O que elas discutiam? O bem-estar de seus cachorros, que haviam brigado à tarde. Para resolver, também brigavam.

Enquanto em um dos lados da rua a casa dizia xingamentos – os maridos ora tentassem acalmar os ânimos das esposas e ora também subissem o tom, os dois cachorros latissem dizendo sabe-se lá o quê, querendo talvez apartar –, do outro lado o prédio parecia morto.

No entanto, a claridade da tevê desenhava o homem por detrás da veneziana, este que, aos domingos, costumava assistir até as vistas não aguentarem mais aos noticiários com suas atrocidades e tragicidades: acreditava que, por causa disso, sua segunda-feira haveria de ser bem menos cansativa à alma. Mas agora era ao vivo e ele pendia a cabeça e pregava a orelha na janela. Por fim, xingou a mulher que pedia que deitasse: mandou-a dormir e calar a boca. Acendeu um cigarro no quarto. Marta, ex-fumante, foi deitar no sofá.

Os mais corajosos abriam toda a janela e mostravam a cara, outros eram acusados pelas dobradiças que rangiam e corrediças que fugiam dos trilhos. Barulhos de veneziana, cochichos, luzes apagadas, sombras mortas, escuridão viva, parecia que um coração pulsava lá dentro do prédio.

Trinta minutos e as duas mulheres ainda discutiam. Pouco a pouco, com toda aquela barulheira, outros cachorros da vizinhança acordaram: ouvia-se uma sinfonia canina.

Depois de cutucar o marido por diversas vezes, Jacira, do 203, não aguentou mais e deu-lhe uma cotovelada de doer: ele roncava alto. Juarez trabalhava à noite, único dia em casa nesse horário. Jacira pôs o roupão, as pantufas e caminhou até a cozinha, de onde podia ver e ouvir melhor a discussão. Ficou lá, encolhida de frio.

Passada pouco mais de uma hora de discussão, não dava para se entender bem para que lado a conversa havia ido. Ouvia-se que uma delas reclamava que estava no aluguel há apenas seis meses e nunca tinha se incomodado tanto em tão pouco tempo. Vezes uma, vezes a outra, as duas mulheres ameaçavam chamar a polícia, denunciar o acontecido ao locatário e até mesmo matar o cachorro da outra.

No prédio, Cátia, do 303, correu até o quarto da filha e desligou a televisão durante o desenho preferido da menina:
– Hora de dormir, meu bem!
– Conta historinha?
– Dorme, Camila, a mãe tem ainda que lavar a louça!
– Mas mãe... você...
– Camila!
– Tá bom!

Cobriu a filha rapidamente e foi até uma peça estreita que servia somente para acumular tralhas. Abriu caminho, subiu em um banco e tentou espiar pela janelinha. Mal conseguia ouvir as duas, ver, nem pensar. Reclamou do marido, já falecido: – Aquele traste! Bem que podia ter comprado o apartamento noutra posição solar. Era um teimoso mesmo!

No 302, a netinha ouvia tudo e ria da vó quase surda, que tricotava no sofá.

Saul, do 202, pegou o maço de cigarros, o celular e desceu as escadas. Acendeu um e chamou a polícia: pediu urgência. Tinha certeza que o seu amigo de infância, Samuel, ao ouvir o carro da polícia chegando com as sirenes a todo volume, sairia do 101, avançaria pelo hall e iria até a rua. Brigados, não havia visto o amigo durante todo o fim de semana.

Depois disso tudo, Maria do Carmo, do 404, e Lurdes, do 403, já com assunto, voltarão a se falar após a discussão que tiveram sobre os gastos com a pintura do prédio?

Os cachorros deitaram, as vizinhas levaram seus maridos para dentro de suas casas, fecharam portas e janelas.

No prédio, o marido de Marta acabou dormindo perto dela, no pequeno sofá de dois lugares. Jacira, do 203, ficou buscando no celular receitas de comidas leves que pudessem amenizar o ronco do marido. Cátia ficou toda a noite virando e revirando-se em sua cama, olhando para o teto do quarto, com a historinha que contaria para a sua filha passando toda ela pela sua cabeça. Semanas mais tarde, a vó entregou o blusãozinho para sua netinha, que, toda vez que o vestia, lembrava-se das risadas dadas à vó quase surda. Saul e Samuel hoje apenas se cumprimentam. Maria do Carmo e Lurdes nem tiveram tempo de ver o prédio ser pintado.

UMA MAGNÓLIA NO JARDIM

Após dois dias de chuva forte, Piedade buscou o número de um jardineiro qualquer e ligou: disse que estava com pressa para que fosse feita a manutenção do jardim. Aparício lamentou, falou que não podia, pois estava com outros três serviços em espera devido ao mau tempo, no entanto, quando Piedade lhe ofereceu o dobro do valor pela mão de obra, não teve como recusar. Antes de desligar o telefone, a senhora pediu que ele levasse apenas uma planta de magnólia e materiais para fazer os reparos no jardim.

Chegando à casa murada, Aparício tocou o interfone: a senhora pediu que ele aguardasse. Enquanto descarregava as ferramentas, ela abriu o portão. Logo seguiram à parte de trás do terreno. Piedade foi contando sobre os dois dias de chuva e a dificuldade em conseguir um jardineiro. Aparício, bom no trato com os clientes, comentou sobre o par de sapatos sujos de barro que viu pelo caminho: "Com essa chuva toda, deve estar um barredo só lá atrás!?". Piedade fez como que não ouviu.

Caminharam pela lateral da casa até chegarem ao jardim: tinha um amplo pedaço de grama verde, bromélias, buxos, duas ou três cerejeiras japonesas, alfazemas, uma pitangueira com seus 20 anos ou mais, além de flores da estação, tudo muito bem cuidado. Enfim, chegaram ao lugar onde deveria ser feito o buraco. No entanto, antes dele começar a fazer esse serviço, a mulher deu-lhe outro trabalho. Ele deveria arrancar toda a grama, as bromélias, os buxos, as cerejeiras japonesas, as alfazemas, a pitangueira, além das flores da estação: tudo seria morto, como ela mesma disse. Aparício, tentando convencê-la do contrário, elogiou o jardim e sugeriu apenas a sua manutenção, mas não, Piedade não esboçou reação a favor dele e apenas disse: "Mate tudo! Deixe só a terra e faça o buraco".

Aparício não conseguia compreender o porquê daquilo, tanto que poderia ser chamado de maldade o que estava sendo feito: pecado com o jardim. No entanto, começou com os trabalhos.

No primeiro dia deixou tudo limpo para que, no outro, pudesse derrubar a pitangueira e as cerejeiras. Ouviu as primeiras risadas das crianças e o barulho da bola batendo no muro.

Ao fim de tarde, quando Piedade foi verificar o serviço, fez elogios a Aparício: "Muito bom! Você foi ligeiro, amanhã certamente começará a fazer o buraco para a magnólia". Aparício aproveitou e avisou que havia tirado e posto no corredor que dava para a parte de trás do terreno um banquinho e um cinzeiro que estavam em um canto ao lado da pitangueira: eram bitucas esmagadas há poucos dias. Aparício desconfiou que mais alguém morasse ali, afinal, os sapatos sujos de barro que viu na chegada eram masculinos, e Piedade sequer tinha cheiro de cigarro, ou ao menos, se fumasse, o camuflava muito bem com seu perfume adocicado. Depois, teve a impressão de ter visto uma calça jeans de homem no varal, mas achou que era coisa da sua cabeça.

No segundo dia, ao chegar bem cedo, Aparício encontrou uma bola no meio do jardim. Sem pensar muito, jogou-a por cima do muro, para o outro lado, afinal, no dia anterior, ouvira os chutes na parede. No meio da manhã, Aparício ficou surpreso quando a senhora sentou-se um pouco afastada em uma cadeira e permaneceu observando-o. Estacou lá por um bom tempo, de olhos no serviço dele. Sentiu-se vigiado, pois daquela boca não saía palavra alguma: ordem ou elogio. Foi quando, ao ouvir a bola bater no muro, Piedade voltou-se para trás com os olhos assustados e resmungou: "Malditos! Malditos mesmo!". Aparício fingiu não ouvir a reclamação. Piedade completou: "Se a bola cair aqui, joga logo pra lá. Não quero complicação com essa gente do lado!".

Na parte da tarde, quando o jardineiro voltou, ouviu novamente a bola batendo no muro e, como quem fala do tempo, falar por falar, comentou com a senhora: "Essas crianças não param mesmo. Faz toda vida que tão batendo bola no muro". Ela fingiu que nada fosse, no entanto, mostrou-se ansiosa: "Vamos, Aparício, faça aqui o buraco! Faça aqui!", e fitou o muro. De prontidão, ele começou a cavar. Quando Aparício achou que o buraco já era o suficiente para a magnólia, parou e disse, ainda de olhar baixo: "Acho que está bom assim, minha senhora". Aparício esperou resposta. Quando olhou para ela, viu dois olhos cravados nos dele, e, cheios de compaixão, Piedade respondeu: "Cave mais! Cave mais! Tenho que te contar uma história". Aparício continuou cavando.

Você certamente deve ter visto muitos jardins, não é, Aparício? Mas como esse, tão bem cuidado, nunca! Ouça, por favor! Conhecemo-nos nos corredores da faculdade e nossa relação não passava de breves conversas sobre os estudos, vida profissional e, quando muito, de promessas de encontros fora dali. Por um bom tempo ficamos sem nos ver, mas, depois, para a nossa surpresa, acabamos indo trabalhar no mesmo lugar. Vendo o que havia acontecido, esse reencontro, pensamos que tudo nos levava a ficarmos juntos.

Ele se chamava Armando, mas eu preferia Amandinho, carinhosamente. Por fim, casamos, construímos esta casa e vivemos por aqui toda a nossa vida. Viajamos bastante, conhecemos muitos lugares, pessoas, nos divertimos... até que ele adoeceu. Essa foi a época mais difícil de nossas vidas. Ele era ainda muito jovem quando ficou doente e, por isso, teve forças para aguentar por muito tempo. Fomos obrigados a alugar uma casa na capital, pois ele acabou sendo transferido para um hospital de lá, já que havia recursos mais avançados para o tratamento. Aparício fez como quem pergunta: "Está bom assim?". A senhora respondeu: "Cave mais, Aparício, cave mais!", e continuou a história. Amandinho, literalmente, vivia naquele hospital. Eu me desdobrava entre ir à capital e manter o meu emprego, mas, mesmo assim... o que eu poderia fazer a mais? Com o passar do tempo, Amandinho mostrou melhoras e foi liberado para voltar para casa, no entanto, tinha que ir duas ou três vezes por semana ao hospital. Acabei largando meu emprego e indo morar definitivamente na capital, na casa alugada. Nos primeiros dias, ele suportou, mas, nem bem um mês depois de estarmos lá, descobri tudo: nos intervalos entre as minhas idas e vindas, lá atrás, quando Amandinho ficava dia e noite no hospital, ele acabou tendo um caso com uma enfermeira. Certamente entristeci. Após saber disso, fiquei um mês sem visitá-lo. "Cave mais, Aparício, cave mais!" A situação, o desgaste emocional, os cuidados, as idas e vidas, será que ele não pensou nisso em nem um momento? No entanto, quando ligaram do hospital dizendo que Amandinho estava hospitalizado e que a doença se agravara, acabei voltando. Quando nos vimos novamente, ele disse-me que a enfermeira havia sido transferida para outro hospital, mas, na verdade, como não a conheci, ela poderia estar ao meu lado e eu nem saberia. "Cave mais! Cave mais, Aparício!" Nos primeiros dias, destratei algumas delas, mas, depois, decidi que aquilo de nada adiantava. Após tudo isso, ele, dia a dia, despejava perdões, fazia promessas, agrados. E foi assim até o fim de sua vida. "Cave mais! Cave mais, Aparício!" "Mas senhora, o buraco já está..." "Cave mais! Cave mais, Aparício!" Nunca vi a capela tão cheia quanto no dia do seu velório. Estavam todos lá: toda a família, inclusive alguns que vieram de longe. Amigos da adolescência, todos os nossos vizinhos, crianças, pessoas que eu nem conhecia: ele era uma pessoa amada. "Cave mais, Aparício, cave mais!" E esse jardim é um dos agrados que ele fez. Ele foi sempre muito bem cuidado. Faz quase um mês, Aparício, mesmo assim, ainda posso vê-lo, bem cedo, pela manhã, passando flor por flor, aparando a grama, recolhendo as folhas e, por horas, sentado aqui. Mas é difícil perdoar tudo isso! É difícil!

Ficaram por um tempo em silêncio, quando Aparício disse: "Sinto muito, minha senhora! É uma história...". Ela agradeceu e, enfim, foi ver o buraco: "Está perfeito! Está perfeito!". "Minha senhora, eu sei que tá muito grande para uma magnólia, cabem, no mínimo, umas quatro aqui! Eu posso levar toda essa terra para lá. É que você foi contando a história e eu não queria te atrapalhar e então..." "Sem problemas, Aparício. Deixe assim!" "Agora mesmo eu planto ela" "Não, pode deixar, Aparício, já está escurecendo" "Mas, minha senhora, eu posso..." "Pode deixar, venha amanhã, sem problemas, pago mais uma diária" Aparício, comovido, aceitou: "Está bem, minha senhora".

Enquanto Aparício recolhia e organizava os materiais no jardim, a senhora entrou na casa. Foi quando escutou um barulho atrás dele. Virou e viu a bola. Pegou-a e, quando foi jogar, ouviu: "Seu Amandinho, devolve a bola, por favor!? Seu Amandinho, joga a bola!?". Aparício ficou estático. Ouviu de novo: "Seu Amandinho, joga a bola!?". Aparício ficou por um tempo em silêncio, com a bola na mão, pensando, fascinado com as palavras daquelas crianças. Abriu um sorriso de espanto. "Seu Amandinhoooo!?" Deu uma risada da inocência das crianças. Lembrou do que Piedade havia dito: "Se a bola cair aqui joga logo pra lá. Não quero complicação com essa gente do lado!". E jogou a bola por cima do muro. Juntou as ferramentas e foi embora.

Por dois dias seguidos, Aparício voltou para terminar o serviço, tocou, tocou e tocou a campainha, mas encontrou a casa murada em silêncio. No terceiro, recebeu uma ligação: era Piedade. Pedia que Aparício fosse até a sua casa. Chegando lá, ela levou-o até o jardim, no entanto, ao vê-lo, Aparício estranhou: a magnólia já estava cravada no buraco, viva. "Por quê?", estranhou. Entre os dois, fez-se um silêncio aterrador. Após, Piedade pôs as mão nas orelhas não querendo ouvir, pois qualquer coisa dita naquela hora faria mal a ela. Pediu apenas que ele recolhesse as ferramentas e acertou os valores pelos dias trabalhados.

Do lado de fora, enquanto guardava as ferramentas na carroceria da sua camioneta, Aparício parou para ouvir. Ouvia como se fosse lá longe as crianças pedindo a bola, chamando Amandinho: "Amandinho, devolve a bola! Amandinhooooo, joga a bola, por favor!". Mas, ao mesmo tempo, parecia sentir as vozes enterradas dentro dele. Pôs a mão no peito e tentou controlar a respiração. Ligou o carro e saiu cantando pneus. Só queria chegar à sua casa, tomar um banho e deitar para ver se aquilo passava.

A FORMIGA
DO DESAMOR

Tomou coragem depois de uma hora, 43 minutos e 18 segundos e telefonou para convidá-la para um jantar em sua casa. Ela não pensou duas vezes: disse um sim, e desligou o telefone. Ficou estática por alguns minutos, não entendia o porquê daquele homem viver, até então, só.

Podíamos conhecer um pouco de como ele era ao vê-lo descascar uma maçã. Passava a faca como se quisesse fazer da casca uma seda, tirava fina. Olhava querendo não perder nada, rodeando a fruta na navalha bem afiada. Demorava cronometrados dez minutos. Parecia perfeição, mas tinha monotonia e chatice no corpo. Era visível a afeição que sentia pela profissão que exercia: dava atenção inteira às bibliotecas. Restaurava livros, e, por isso, por muitos, era considerado culto, porém, se lhe pedissem para contar uma história, saberia o nome de um livro e, quanto muito, acertaria o autor dele. Mesmo trabalhando com uma pinça e lupa, não lia nem examinava a literatura. Preocupava-se com coisas pequenas.

Era minucioso desde sempre – essa era a sua essência – e, por isso, adquiriu alguns vícios, não digo beber ou fumar, o que também fazia, mas: não gostar de ver a chave na porta, deveria ficar sempre no pendurico; deus me livre se a toalha da mesa estivesse com uma das pontas dobrada, mesmo que o vento tivesse assim feito. Sempre ocupava o mesmo canto da mesa para tomar café, isso sem explicação, morava só, e, nem com pressa, poderia esquecer uma luz da casa acesa. Mesmo tendo uma cicatriz na cabeça, de nascença, que rodeava todo o crânio, rapou os pelos; preferiu suportar a vergonha a irritar-se e anojar-se com os cabelos no ralo do chuveiro. O tubo de pasta de dentes deveria conter todo creme na ponta. Tamanha era a preocupação com detalhes que, se ao puxar do rolo de papel higiênico um pedaço para limpar-se, esse ficasse encostado na parede ou apenas raspasse, não o usava mais. Deveria estar com o início do papel para frente. Tudo isso, e vivia só. Nunca viveu a dois. Certamente, se vivesse, viria a ser uma daquelas pessoas que, passados vinte anos, dele se ouviria apenas: "Cuidado; faça isso; por quê?; eu não disse!?". Essas coisas de advertência. Já comentei, preocupava-se com as pequenas coisas, e acrescento: não sei por quê. Quem sabe isso sirva para matar tempo de vida.

Olhou o relógio, marcava 19 horas, 27 minutos e 38 segundos. Logo ela viria. Acendeu um incenso e, no que foi guardar o isqueiro, seguiu com os olhos uma formiga que carregava uma migalha de biscoito. Com uma faca, fez força para pegá-la e pô-la na ponta, de modo a jogá-la pela janela. A pequenina foi mais rápida: escondeu-se embaixo do fogão. No pensamento dele, havia sido contrariado ou deficiente na ação. Com pressa, pois esperava a visita para o jantar, bufou de raiva. Puxou o fogão, e, no que puxou, uma cafeteira "saltou" em sua roupa e no chão. "Maldita formiga!" Com os pés sujos, marcou o caminho da cozinha até o banheiro, onde foi pegar um pano para limpar a imundície. Torcia para voltar e ver a formiga afogada no café: "Tomara que morra!". Ela foi mais rápida. O homem foi limpando o chão e resmungando: "Se eu te pego! Aí sim!". No que abriu a torneira para lavar o pano, viu novamente, no canto da pia da cozinha, a formiga agarrada no seu pedacinho de biscoito. Ela estava encarando-o. Sem tirar os olhos dela, limpou o pano na água corrente, espremeu e enrolou cuidadosamente querendo não assustá-la. Mirou e, como quem chicoteia, disparou o golpe. No que puxou, o estrago foi grande. Pensa que a formiga morreu? O pano engatou em um canto do inox da pia. Fora o rasgo no pano, o tombo de costas, ainda bateu a cabeça em uma cadeira. Levantou chutando tudo e disparando palavrões: "Sua insignificante! Resto de coisa! Nada no mundo! Irracional!". Falando assim, quis agigantar-se frente à formiga. Ela desceu pela lateral do móvel e se escondeu na parte de trás do balcão; conhecia os atalhos. De joelhos no chão, furioso, o homem foi rodeando e desencostando os móveis em busca dela. Sua mão não a encontrava. Pensou rápido e foi à dispensa buscar uma vassoura para esmagá-la. No que voltou, ela já subia pelo pé da mesa. Seguiu com os olhos a formiga e teve a calma de esperar que ela chegasse até o pano de crochê. Ele sacudiu. Faltou-lhe perícia. Voaram vaso, flor e terra para tudo que é lado. Gritou: "Te mato, sua...". Parecia procurar ouro enquanto virava e revirava aquilo tudo no chão: vaso, flor, terra e café, sem formiga. O que o homem não viu foi que, ao sacudir o pano, ela voou e foi prender-se, sabe-se lá como, em uma cortina toda rendada da janela e, depois, caminhando, chegou a um relógio de parede. Ficou passeando. Rodando. Rodando. Rodando. Rodando no ponteiro dos segundos. Finalmente ele desistiu. Desistiu, pois pensou que havia ganho da formiga, que havia matado a formiga. Parou de "fuçar" na sujeira, baixou a cabeça, suspirou, abriu um sorriso e falou: "Acha que me cansou? Uma mosca faria muito mais estragos que você! Descanse em paz, sua malandra!". Com o silêncio, ouviu o relógio e pensou: "Logo ela vem. Que horas são?". No que olhou a hora, viu a danada. Não acreditou. "Eu te mato!". Cerrou os punhos e correu até lá. Arrancou o relógio da parede e ficou olhando sua correria. Sentiu ter o poder nas mãos. Riu com sarcasmo, descaradamente, da fragilidade da formiga, da sua pequenez. Com calma, preparou o bote. Com os dedos fez como que uma pinça para esmagá-la; rangeu os dentes de raiva, franziu a testa, focou com os olhos o ponto preto e cravou as unhas. Pensa que a formiga morreu? Ela foi mais rápida de novo. Subiu em seu braço e depois no pescoço, provocando uma luta de gato e rato. O homem se debatia tentando tocá-la. Sacudiu por vezes o braço tentando jogá-la longe, e nada. Só parou após fazer dois pedaços do relógio no chão e bater um dedo no canto da mesa. Retorcia-se todo de dor. Enquanto soprava para acalmar, viu a danada, como ele mesmo disse, cruzar por baixo de duas cadeiras e passar pela fresta da porta da cozinha, que dava para o corredor. O homem foi atrás. Abriu a porta e, vendo-a ir em direção à outra, a da saída, pensando que não a alcançaria a tempo, resolveu correr até o porta-chaves e pegar a chave da entrada. "Maldita mania de não deixar a chave na porta. Eu abriria e acabaria com essa brincadeira", pensou. Correu até o porta-chaves, voltou e, no que chegou, percebeu que estava certo: ela havia saído. Desesperado, pôs a chave no miolo e abriu rapidamente a porta. Não deu tempo de parar. A mulher o viu, com raiva nos olhos, esmagá-la com o pé e chamá-la de desgraçada. Aninha olhou apavorada a cena, virou as costas e saiu. Fez todo o trajeto de volta chorando. Veio pensando que este seria o homem da sua vida, o homem perfeito, aquele que não faria mal a uma formiga. Ele ficou sem reação, feito a formiga ao levar o pisão.

ESMOLA DOS DEUSES

Ontem, o soldado; hoje, podia ser chamado, facilmente, o frágil. Vivia só em sua casa, no sopé de uma montanha. Sobrevivente de guerra, de histórias, de memórias e de si mesmo. Dia a dia, vestia sua farda, cortava a barba, engraxava seus coturnos e ia ao seu jardim. Aficionado por flores, substituindo cruzes, cravava, uma a uma, na terra, em sinal de luto e consolo. E, lembrando-se dos que vira morrer, procurava preservar a vivacidade do jardim inodor. Dessa forma, passavam os dias daquele homem: vivia um eterno corrigir-se, desfazer-se, perdoar-se.

Mas havia uma corda solitária que sempre o encarava. Em um celeiro a dez passos de casa, pendurada em um prego, quase morta, ela fitava-o com olhos de quem quer vida. Para ele, a corda servia para um homem brincar solto no ar; em um balanço humano, a um homem que perde o chão, cai do mais alto, um voo a quem não foram dadas asas, um anjo despencando do céu. "Imprestável corda!", repetia, e evitava aproximar-se.

Certo dia, ele, soldado só, decidiu cravar uma bandeira que simbolizasse seu feito: manter a beleza daquele cemitério de flores. Resolveu escalar a montanha e, no topo dela, plantar uma flor.

Saiu pela manhã. Ergueu a cabeça, as mãos cravaram na terra, os pés apoiaram-se em pedras pontudas, cortava o coração. Os músculos trabalharam carregando o peso do mundo, suor feito lágrima. Lá plantou a flor, como quisera. "O amor-perfeito é uma borboleta que se esqueceu de voar." Exausto, adormeceu por algumas horas, ali mesmo, no topo do morro. Até que, assustado, a ponto de lhe faltar ar, acordou com o que lhe pareceu um estouro, ou algo do gênero, e começou a rolar no chão. A surdez de um de seus ouvidos não impediu que o outro se assustasse. "Granada não tem destino, ao mesmo tempo em que tem a todos, tem a você. Granada não tem coração!" Percebeu então que era o bater suave das asas de uma borboleta que o despertara com um futricar na ponta do seu nariz, fazendo com que ele depois desprendesse seus lábios em um sorriso desconfiado, manso e solitário.

Uma linda borboleta vermelha, sim, vermelha, discordando do azul do céu, fazia companhia.

Fascinado, deu um nome a ela: Destino! Tentou chamá-la, mas esta parece que não o obedeceu. "O destino nos obedece ou nós obedecemos o destino?", pensou. À sua frente, a borboleta dançava, rodeava, batia asas, se fazia irresistível a um caçador, precisamente irresistível. "Borboleta não tem destino, ao mesmo tempo em que tem a todos, tem a você. Borboleta não tem..." Foi seduzido! Na beira do precipício, a borboleta continuava a fasciná-lo com o seu bailado. E, na tentativa de tomar a beleza em suas mãos, em um golpe certeiro, o destino se fez: "Borboletas: uma esmola dos deuses!", disse.

No abismo, em um balanço humano, perdeu o chão, caiu do mais alto, um voo a quem não foram dadas asas, como um anjo despencado do céu. Um anjo deve sempre andar com cordas na cintura para laçar estrelas quando lhe faltarem forças nas asas. Seu último dizer foi: "Imprestável corda!".

Plantado um anjo em terra e uma flor nos céus, o que se viu foi um rio de sangue no chão e uma borboleta vermelha, nadando, brincando de pintar-se, feito estilhaços de granada, retocando sua maquiagem de vermelho.

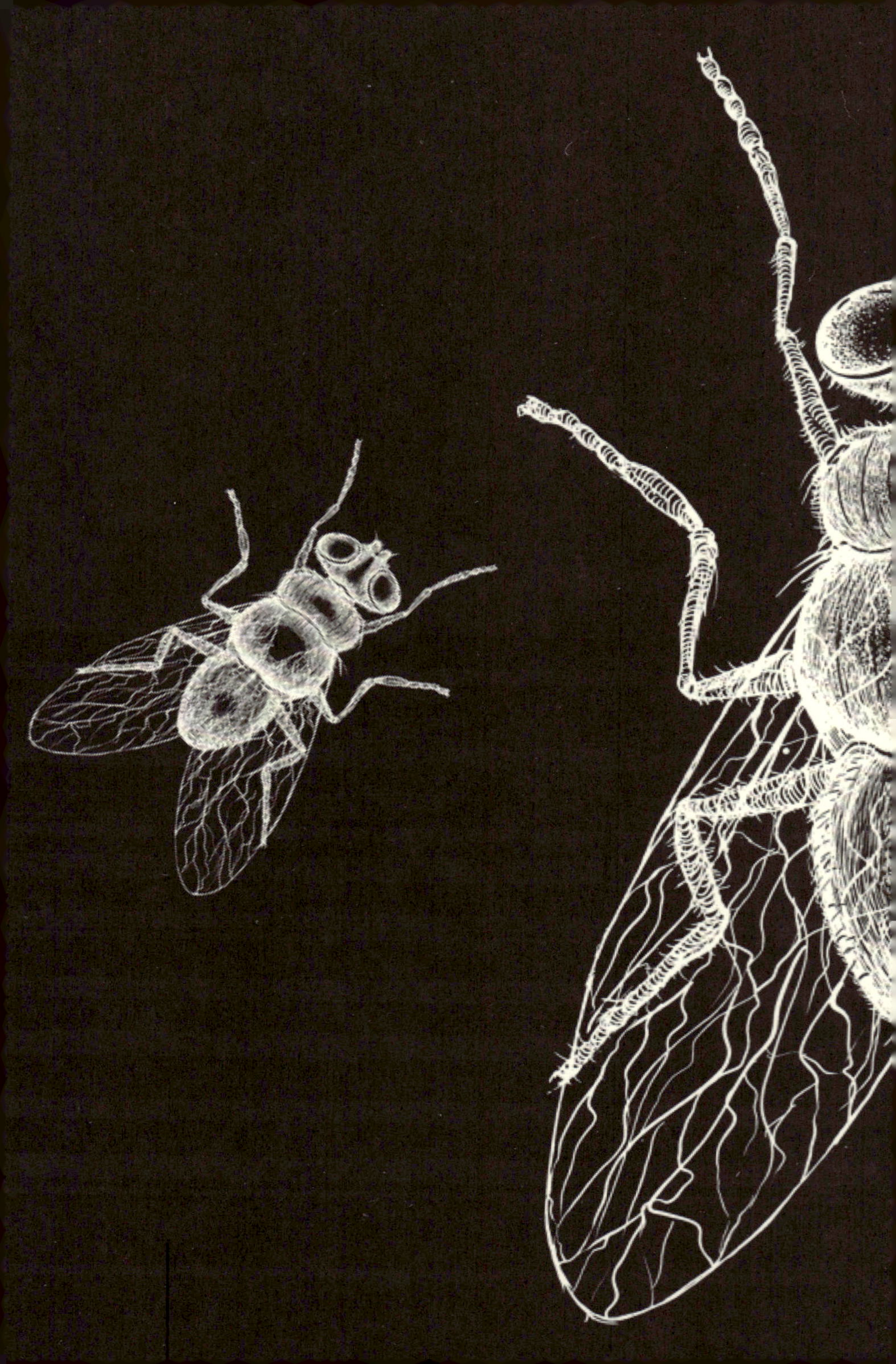

O MONSTRO

Hoje, enquanto arrumavam-me na sala de baixo, deixei-os à vontade e saí. Resolvi subir. Parei bem em frente e fiquei observando o movimento dos que por ali passavam. Estavam calmos, porém não menos curiosos. O sol permanecia escondido e, por isso, a chuva segurava ainda mais os carros no cruzamento, aumentando a indecisão entre ir ou ficar. Nem sempre podemos escolher! Quando passam em frente, há aqueles que fecham os vidros, os que fingem pressa e os que olham fixo para o horizonte, todos a fim de não serem incomodados, temendo ter o dia interrompido por conhecidos que estão por ali, fumando ou jogando conversa fora, e que, por ocasião, possam vir a convidá-los para entrar.

Por essa rua passei toda a minha vida e vi muitos nomes, conhecidos ou não. Todos que faziam a mim, e certamente aos outros que passavam, suspirarem e dizerem: "Não sou eu". Creio que pensavam: "Um dia serei eu". Sei, meu nome foi um dos mais terríveis aqui escritos. Foi gravado às 9h, e, acima do meu, os deles. Três nomes, em amarelo, iluminavam na tabela. Após ficar por um bom tempo aqui, olhando o trânsito, resolvi caminhar. Virando a esquina, a uns 200 metros, sentei em uma mesa de bar. Por coincidência, ao meu lado, dois senhores, com rostos inchados e vermelhos, já de café tomado, de pulsos firmes, liam e comentavam o jornal. Após lerem, um deles, em tom de festa, soltando o bafo de cachaça, disse: – Se quebro os dentes é porque caio, e são os meus. Se ferir o fígado é porque bebo; não guardo faca no bolso, nem faço inimigo em jogo de carta; não jogo a dinheiro. Não quero herança. Depois que eu morrer, me jogue por aí, nem precisa me guardar na lembrança! – soltou uma gargalhada e "desceu pela goela mais um copo". O jornal contava o acontecido sem muito exagero. Eu disse sem muito exagero! Até porque não era preciso "florear ainda mais o jardim" para que chamasse a atenção. O que ontem cometi já estava aos olhos de todos, porém eu, só eu sabia o porquê daquilo.

Supondo, criando hipóteses, disseram que fiz pela herança e que, por azar, não tive tempo de fugir, concretizar o plano: inocência deles. Não poderia exigir mais da cabeça dos jornalistas em tempos que quase ninguém se ama. Difícil imaginar. Pelo que pude perceber, a imprensa dispensou os dois de qualquer culpa, afinal, ver o irmão agir com tal frieza e crueldade permite uma frieza e crueldade ainda maior para que se alegue a legítima defesa. O título da notícia chamou a atenção: *17 facadas em um pai: não há coração de mãe que aguente!* Não foi bem assim. A perícia não investiga corações. Não digo o dela, falo do meu! Bem... Mas voltando aos amigos do bar. Nem eram 9h30min, e os dois fanfarrões já haviam colocado o beiço na mesa e, quando perguntado pelo dono do bar "Vai mais uma?", não ousaram olhar para trás.

    Voltei e, quando cheguei, assisti a tudo. Puseram-me deitado. Ficamos separados. Na sala de entrada, ficaram eles; eu, na dos fundos, propositadamente, pois pela primeira os convidados teriam que, obrigatoriamente, passar e, talvez por engano, entrariam na minha sala, e isso não seria bom.

    A luz na sala em que eu estava era fraca, então, por esse motivo, lembrou-me de uma casinha de madeira que havia nos fundos da casa de minha falecida avó com a mesma iluminação. Guardavam ali objetos velhos e coisas que não prestavam.

    A sala em que me puseram, por ser a última, não tinha janelas, o ar era pesado, portanto, passadas as horas, os perfumes das flores que vinham da sala do lado enfraqueceriam e se perderiam pelo caminho, não chegariam até mim, e eu, sem a perfumaria daqueles que merecem o último banho para deitarem em suas camas, limpos, já começaria a cheirar como os cadáveres, as moscas caminhariam pelas minhas mãos e braços sem medo da morte. O corpo do morto é o paraíso das moscas!

    Pouco menos de meia hora e a sala deles já estava cheia. Ouvi, por vezes, todas as vozes que um dia me soaram alto e pessoalmente. Algumas pessoas talvez estivessem lá, porém, naquela hora e até o fim, ficariam caladas, e, se não ficassem, penso eu que o choro é composto por várias melodias, no entanto cantada por todos, então seria difícil reconhecer o dono. Devo confessar: na verdade, eu esperava por eles dois, queria mostrar-lhes que ainda... Talvez não quisessem saber o porquê.

    Por volta das 10h, recebi a primeira visita. Era uma velha com rugas bem desenhadas e cabelos grisalhos. Espécie de benzedeira, com traços indígenas. Entrou, parou na minha frente e me encarou por alguns minutos. Fechou os olhos e começou, ao que me parecia, uma reza, entreabrindo levemente os lábios e sussurrando palavras. Ainda de olhos fechados, pôs as suas mãos no meu peito. Gatos veem muito bem na penumbra. Sentiu o metal dourado, abriu os olhos, olhou para os lados e, juntando medo e desejo, fechou o punho com força. Ouviu um barulho na sala ao lado que logo a fez perder as forças e a atenção. Deixou cair a mão com força no meu peito e, ainda grudada na corrente, no que me tocou, sentiu, e no mesmo instante, assustada, sem acreditar naquilo, parou com a mão, desgrudou do metal. Pude perceber seus pelos dos braços subirem, arrepiarem-se. Não aguentou! Cessou a reza e, num salto, revelou um olhar apavorado. Olhou para os lados, mas não havia ninguém, quis gritar, mas não podia também. Disse meias palavras: "O coração...". Virou e saiu lentamente, não por calma, mas como quem anda no escuro, buscando a luz, com medo de que algo lhe toque. Fez a curva que dava para o corredor sem ousar olhar para trás.

Depois dela, muitos foram aqueles que chegaram até a porta de entrada da minha sala e, encorajados pela curiosidade, como se a morte me tivesse feito morto a tudo, despejaram um olhar de ódio e desdém. Eu os via. Ninguém entendia o porquê do meu ato.

Nas muitas horas em que fiquei só, tive tempo de devanear. Lembrei-me de uma passagem da infância. Eu estava só. As ruas, já naquela época, tinham poucas crianças. Durante uma tarde, seguido de um forte barulho, um miado gritou. Da porta da chapeação de carros, um senhor alto e magro saiu. Se não me falha a memória, certo dia esse homem me presenteou com balas, no entanto, vocês sabem como é: quando somos adultos, certas coisas da infância não sabemos se aconteceram ou se sonhamos. Ele me parecia dócil. Saiu fumando e segurando seu martelo de endireitar latas. Olhou para os lados querendo saber o que havia acontecido. Do muro que me protegia, vi toda a cena. Seguiu o miar e encontrou o gato preto na beira do barranco. Percebeu o animal ferido: não se movia. Miava cada vez mais alto, um grito insuportável, que desesperaria qualquer um. Acendeu o cigarro. A ponta amarela, em fogo, queimava rapidamente, mostrava o nervosismo. Não puxou mais que quatro vezes para terminá-lo. Jogou no chão, apagou com o pé e, em golpes rápidos e certeiros, soltou por duas vezes o martelo no gato, querendo aliviar a dor do bicho. Calou e ficou calado. Voltou para seu trabalho sem ousar olhar para trás. Penso que muitas coisas não deveriam ser vistas ou ouvidas. Feito o grito do gato, eu ouvi da boca deles que não seria fácil a separação; os outros dois, do mesmo sangue que eu, não. Se bem que, acredito, eles nem ao menos pensavam nisso. Sempre tive essa preocupação: como um viveria sem o outro? Por isso duvidei de como agiria. Se pudesse, agora, diria a eles que tentei fazer o melhor.

    Se me permitem, gostaria de contar como tudo aconteceu. Ontem, fui visitá-los. A porta, nada normal, estava apenas encostada. Entrei e os chamei. Não responderam. Passando pela sala, ouvi algo no piso superior: ruídos, passos. Certamente poderia ser um dos quatro gatos da casa, pensei. Subi pelas escadas e, ao chegar ao andar de cima, percebi, no fim do corredor, a luz do quarto deles acesa. Tudo estava em silêncio. Aproximei-me lentamente e, quando pus os olhos dentro do quarto, paralisei. Faltou-me ar e, sem ar, morrem também as palavras. Os olhos dela me fitaram, e, estalados, não expressavam nada além da morte. Confesso: são olhos que só se fazem uma vez, pinturas em um quadro: imóveis para sempre. Parte do corpo estava estendida no chão. Ele, ajoelhado, chorava e soluçava, abraçava-a, mantinha sua cabeça sobre o peito dela. Os quatro gatos da casa rodeavam o cenário. Por alguns minutos fiquei observando a cena, como muitas vistas no teatro. Não era clichê, tamanha originalidade e verdade postas naquele palco. Não pude dar um passo sequer, impedido tal qual um espectador que, sentado em um teatro, tendo uma bala doce em seu bolso e salivando, ainda assim nega o ato, pois teme que o barulho do plástico, ao abrir o doce, atrapalhe os atores. Fui tomado por uma tristeza tamanha que logo devia ser curada. Pensei tanto em tão pouco tempo. Quando um corpo morre, dele tudo vira apenas lembrança. Lembrei-me das mãos deles, sempre dadas, seus beijos, o café da manhã dos dois, as fotos de ontem e de hoje que, embora em tempos idos, mostravam o mesmo. Acreditem, meus caros amigos vivos, não é exagero falar que nunca vi amor igual entre duas pessoas. Mas ali não eram iguais. Um com olhos congelados; o outro, fáceis cachoeiras vivas. A perfeição é trágica. Num surto, desci até a cozinha, cego do que iria fazer, no entanto pensando num desfecho justo, um presente. Maldita hora – não que eu me arrependa – em que aquelas palavras ditas por eles me vieram em mente, com tanta pureza e vontade: "Não será fácil a separação". Aquele que lembra, e o que lembra faz doer, sente a imobilidade, a petrificação de um girassol em um dia nublado. Foi como se pedissem que a morte cegasse quatro olhos ao mesmo tempo. Acreditei, na hora, que quisessem que fosse daquela forma, juntos. Poderia ser de outras maneiras, mas eu, justo eu teria que fazer jus ao pedido? Peguei na cozinha. Foi tudo muito rápido, mesmo assim, tive tempo de refletir sobre três quadros que estavam entre a cozinha e a escada, postos lado a lado, todos de Van Gogh, cópias baratas que os dois apenas pensaram que combinavam com a cor das janelas da casa. No primeiro, havia uma cadeira com um cachimbo em cima dela, no segundo, uma cadeira ocupada por um homem em lamentação e, no terceiro, o desenho de um par de sapatos. Postos os quadros naquela ordem, tive a impressão de que a primeira cadeira representava a vida nos esperando, com sua simplicidade e vícios; a segunda, o cansaço de se viver; e o terceiro, o que deixamos aos outros, apenas os sapatos sujos. São quadros que, obrigatoriamente, devem ficar pendurados nas paredes, pois as lágrimas, quando se está na vertical, caem na ponta do dedão, e seria o fim se fossem vistos de cima para baixo. Cheguei à porta. Os gatos me olhavam. Gatos roubam vidas: nascem com uma e são ladrões de outras seis. Dois deles vieram até mim e roçaram-se nas minhas pernas, como que as acariciando, humanamente. Voltei à cena. Eles deveriam partir, pensei. Eu não conseguia mais vê-lo daquela forma. Não queria que ele me visse, que olhasse para trás. Aquele homem do qual vivi ao lado toda a minha vida... Seu choro cada vez mais parecia tal qual o gato atropelado! Seu choro transformou-se em grito, até que seus gritos, na minha cabeça, soaram como miados. Fui tal qual o estrangeiro Meursault: cego e sem pensar no julgamento. Evitei olhar nos olhos dela. Peguei-o pela cabeça, tapando sua visão, impedindo que ele visse seu assassino: seu próprio filho. Incansavelmente cravei a faca em suas costas, até não ter mais forças. Quanto antes, menos sofreria. Quando congelei seus olhos, parei, e, acreditem, sorri. Não era o fim. Não era crueldade. Senti-me como quando uma criança empurra outra criança em um balanço: livre, pela liberdade do outro.

    Ouvi passos e ousei olhar para trás. Eles dois chegaram. Não percebi tamanho silêncio que fizeram ao entrar e andar pela casa. Não tive reação alguma. Primeiro ele: saltou, pôs as suas garras em mim. Foi ágil, rápido, estratégico. Ela, felinamente, no delírio da caça, impregnando as unhas. Gatos têm a facilidade ou a capacidade de subirem, como em árvores, porém neles também há a dificuldade para descer. Céu. Fui encontrado sorrindo, sorrindo igual da vez em que meu pai chutou tão alto uma bola e eu, criança, imaginei mil vezes aquela subida rumo ao céu. Lembro-me da inocência de pensar que aquela bola poderia chegar ao céu. Toda família agora estava reunida, pisando no sangue, naquele DNA de diferentes sentimentos. Essa foi uma das poucas vezes em que pudemos ficar todos juntos. Foi então que também meu sangue foi derramado. Assim, tudo aconteceu. Agora nunca mais iluminarão nossos nomes nesta parede. Está tudo escuro.

    Os aguardei todo o tempo. Não vieram me ver. Fui levado por volta das 15h, pouco antes dos procedimentos habituais – missa e despedidas. Os encarregados fecharam a tampa e carregaram-me até o túmulo. Diferente de todos os enterros que vi, levaram-me pela porta dos fundos da sala em que eu estava. Seria tão mais fácil desgrudar a corrente do meu pescoço ali, mas, enfim, que assim seja. O ouro, se dividido em quatro, era pouco, mas, mesmo assim, levaram-no: morre gente todo dia! Ao menos sempre se lembrariam de mim nas rodas de conversa. Por fim, meus Carontes chegaram à rua molhada. Foi um cortejo só, espécie de enterro indigente. Puseram-me lá, engavetaram-me e saíram atrás de suas ferramentas e coisas (tijolos, cimento, pá, etc.). Novamente ela se aproximou. A velha com rugas bem desenhadas e cabelos grisalhos, que eu nem sei, não se conteve:

pôs as mãos na tábua lisa e gelada, tinha o desejo grudado nos olhos. No que pôs a mão na borboleta que fechava a caixa, para desrosquear, sentiu. Arrepiou os pelos. Segurou um pouco mais, quis ter certeza. Novamente disse meias palavras, que se completam: "Ainda funciona...". Saiu e não ousou olhar para trás. Se ela falasse sobre essas coisas do coração, certamente seria chamada de louca. Eu? Fecharam-me na escuridão. Talvez nunca ninguém saberá por que realmente fiz aquilo.

Depois disso, frequentemente, a parede precisava de reparos: uma fenda na parte frontal se abria ou um tijolo se quebrava. Anos e anos mais tarde, ele reapareceu, apavorando a pequena cidade. E isso passou a se tornar constante. Em dias eventuais, em um penhasco próximo ao cemitério, toda a cidade se reunia para ver o monstro. Os poucos que o conheceram, já velhos, diziam ser ele mesmo, sim, aquele que com a mão direita matou a mãe e com a esquerda o pai. O que mais surpreendia os curiosos é que o monstro tinha o corpo de um homem adulto e braços de criança. Certo dia proferiu uma frase e nunca mais foi visto: "Se braços longos, pelo que julgam, não fizeram por merecer alcançarem o céu, muito menos curtos, inocentes, hão de tocar a terra".

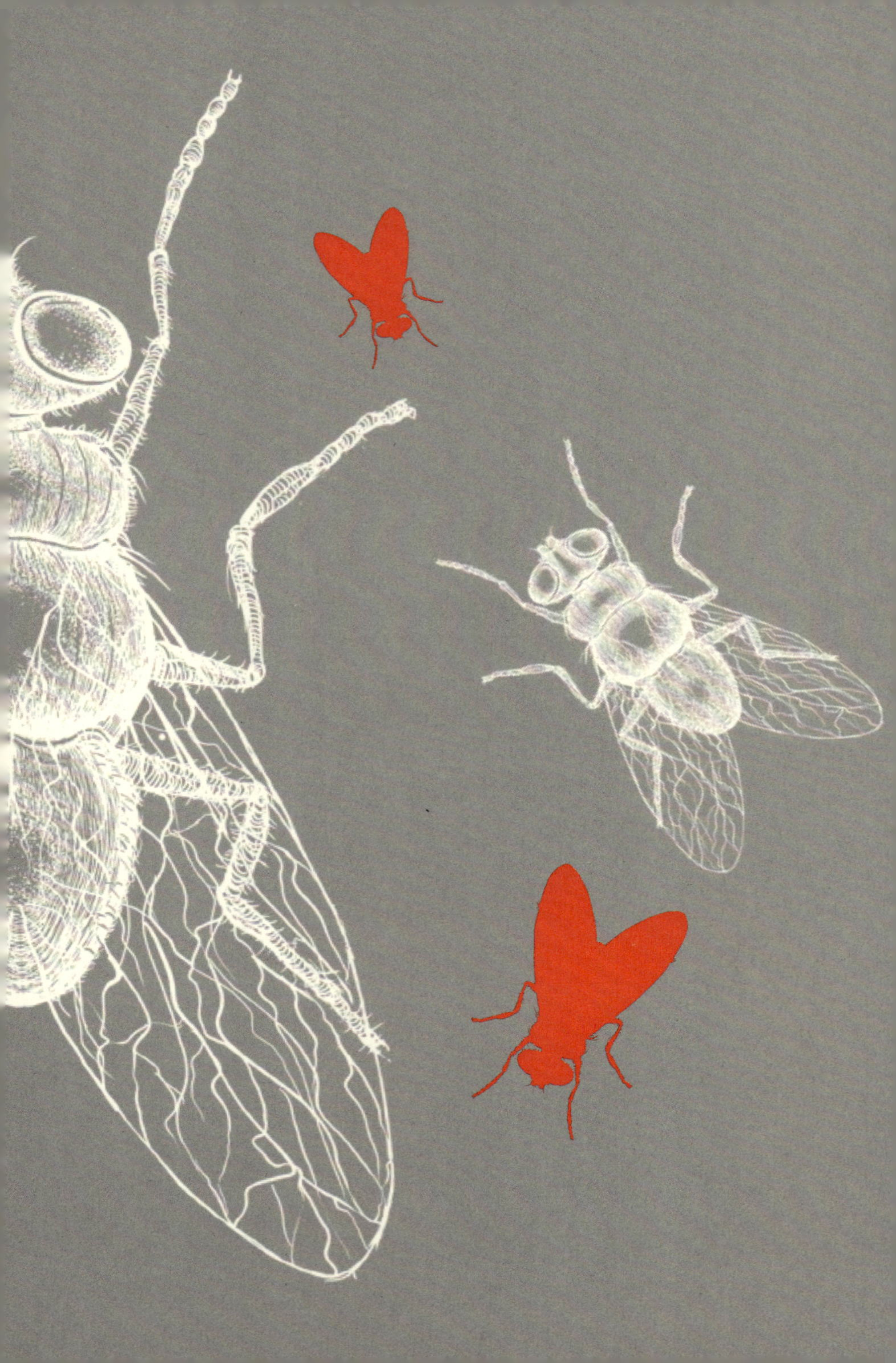

O JORNAL

E tinha a ideia de ir até o barbeiro, a fim de arrumar-se, e, mais que isso, queria também "jogar um pouco de conversa fora" com os amigos que frequentavam o lugar, amigos de anos. Depois, o rapaz passaria no posto, onde tinha alguns conhecidos, e, finalmente, convidaria a atendente da loja de conveniências, que há tanto tempo queria conhecer, para um jantar na casa de seu irmão. Comeriam uma ótima massa de brócolis com tomate seco e, de sobremesa, daria à moça um beijo com sabor de torta de amoras. E se ainda tivesse o tempo, mesmo sendo tarde da noite, leria o jornal do dia.

Era uma cidadezinha pacata, bem silenciosa. Tudo começou pelo barbeiro, que arregalou os olhos, puxou com negligência a navalha e levou as mãos aos ouvidos. Quase vitimou seu cliente. Parecia reconhecer aquela voz, aquele grito. Nervoso e confuso, pediu desculpas ao rapaz e perguntou se ele havia escutado algo. Pelo espelho viu o cliente franzir a testa e acenar com a cabeça: "Nada". O barbeiro, desconfiado, seguiu navalhando.

No mesmo instante, no outro lado da cidade, em um posto de gasolina, enquanto abastecia um carro, o frentista ouviu o grito: "Socorro!". Parecia reconhecer aquela voz. Assustado, puxou com tudo a mangueira da bomba de combustível e lavou de gasolina a lataria. O motorista olhou pelo retrovisor e, vendo aquilo, saiu ofendendo o funcionário. O frentista tentou explicar-se dizendo que havia se atrapalhado, mas de nada adiantou. Aproveitou e perguntou se o motorista havia escutado algo. Estranhando a atitude do frentista, disparou palavrões, pagou o que devia, encarou-o e saiu cantando pneus.

Acertou a conta com o barbeiro e, quando pisou fora da porta, ouviu forte em seus ouvidos: "Não! Para, para!". Paralisou! Parecia reconhecer aquela voz. Olhou rapidamente para trás; o barbeiro, calmo, afiava a navalha. Espiou, mas a rua estava fotográfica. Na dúvida, resolveu ficar: manteve o silêncio. Fingiu querer um café. Serviu-se e, como quem aguarda a chuva passar *(não chovia)*, sentou-se para "esperar" sua vez. Não tirou os olhos do barbeiro.

Chegou em casa, estacionou o carro e retirou as compras do porta-malas. Beijou a mulher e comentou sobre o contratempo que havia tido no posto de gasolina. De uma das sacolas tirou o alpiste. Foi até o jardim e lá encheu o prato para os bichinhos. Estava tranquilo. Pouco a pouco, os passarinhos foram povoando embaixo do telhadinho de madeira. Ria olhando a folia daqueles cantores: disputavam a comida. Seguia com o olhar em um dos pássaros que voava em direção à amoreira quando aquilo gritou em seu ouvido: "Socorro, socorro!". Parecia reconhecer aquela voz. Quase caiu da cadeira! Rapidamente olhou para os pássaros, mas nem sinal de debandarem. O som com certeza os espantaria. Correu para dentro de casa. A esposa limpava brócolis na pia da cozinha. Primeiro, ela ouviu a correria, depois, pelo espelho da sala, viu o marido entrar ofegante e dizer:

– Você está bem, aconteceu alguma coisa?

– Apenas quebrei uma unha descascando amoras! Talvez eu precise ir ao hospital! Me leva? – disse em tom irônico. Sorriu e voltou a limpar os brócolis para a massa de tomate seco. Perturbado, perguntou se havia ouvido algo. Ela deu uma risada debochada e correu tirar a torta de amoras, que começava a cheirar queimado no forno.

No posto de gasolina, já na hora do almoço, o frentista entrou na cozinha destinada aos funcionários e cumprimentou sua colega que ia em direção ao banheiro. Abriu sua marmita e, quando fincou o garfo na carne já morta, ouviu um grito. Vinha do banheiro, e era real. Ele pulou da cadeira e, antes de pôr a mão na maçaneta, a porta se abriu. A moça, pálida, contou que lavava as mãos quando ouviu um grito tão alto que quase lhe estourou os tímpanos. O frentista, sem entender patavinas, perguntou: "Que grito?". "Socorro! Por favor, me ajude!", respondeu. Parecia reconhecer aquela voz.

Agarraram e jogaram-no feito uma coisa nos fundos de uma casa, num corredor estreito coberto de zinco e com um cheiro insuportável de tinta. Nada se via ao redor além de muros. Depois de muito apanhar, queria entender por que aquilo estava acontecendo com ele. Com a cabeça socada no piso bruto, apenas ouvia os zumbidos. Deitaram-no com as costas para cima, amarraram os braços e pernas. Enquanto um cravava as unhas no pescoço dele, o outro, cuidadosamente, molhava a folha de jornal na água do balde. Descia o papel até o fundo, subia, espremia e cobria o corpo do rapaz. Era incrível a calma e a delicadeza usadas; impressionante. Cegou os olhos, calou a boca e envolveu toda a cabeça. Enrolou no pescoço, desceu pelos ombros e braços, modelou as costas, enrolou nas pernas e, finalmente, grudou nos pés: ia moldando. Não demorou muito, já escorria o líquido escuro. Envolveram todo o seu corpo, como uma múmia. Qualquer um ficaria impressionado. Tornara-se a impressão.

No outro dia o jornal chegou.

Sobre os podcast

Acesso por QR code (na quarta capa) ou
http://www.libretos.com.br/perfumes-e-moscas/

Gravação, edição, mixagem e masterização
Diego Rossetti Guerra e Eveli Falcade
Produtora 3em1

A voz no mataduro (27:45)
Nº 8 *Requiem*, Esther Abrami

Cada um com seu andar (4:32)
Investigations, Kevin MacLeod
(https://creativecommons.org/licenses/by/4.0/)
Origem – http://incompetech.com/music/royalty-free/index.html?isrc=USUAN1100646
Artista – http://incompetech.com/

Maquiagens em dia de chuva (20:09)
Central da mídia
(https://www.centraldamidia.com/)

Benigno Fin (20:48)
música: *Funeral March*, Frédéric Chopin

Tagarela(15:14)
Nº 6 *Im my dreams*, Esther Abrami

O encomendador (7:48)
Violão, Darlan Macedo

© 2020, Ismael Sebben

Direitos da edição reservados à Libretos.
Permitida a reprodução somente se referida a fonte.

Edição e design gráfico
Clô Barcellos

Ilustração *A mosca*
Fábio Valle

Produção cultural
Rogério Rodrigues

Revisão
Célio Klein

Grafia segue Acordo Ortográfico da Língua Portuguesa de 1990, adotado no Brasil em 2009.
Há exceções e neologismos a pedido do autor.

Dados Internacionais de Catalogação na Publicação:
Bibliotecária Daiane Schramm – CRB-10/1881

S443p   Sebben, Ismael
           Perfumes e moscas. / Ismael Sebben.
      – Porto Alegre: Libretos, 2020.
         204p.
         ISBN 978-65-86264-12-8
         1. Literatura brasileira. 2. Contos.
      3. Conflitos humanos. 4. Drama. I. Título.

CDD 869

Libretos
Rua Peri Machado, 222/B 707
Bairro Menino Deus, Porto Alegre/RS – Brasil
CEP 90130-130

www.libretos.com.br
libretos@libretos.com.br
libretoseditora (Facebook e Instagram)

Perfumes
sem
moscas

Libretos

Livro com 204 páginas, composto nas fontes Athelas e Verdana, impresso sobre papel off white 90 gr/m² na Gráfica Pallotti de Santa Maria/RS, durante a Grande Pandemia, em setembro de 2020.